国家哲学社会科学规划项目

张龙海 著

哈罗德·布鲁姆的文学观

Harold Bloom and Literature

上海外语教育出版社
外教社 SHANGHAI FOREIGN LANGUAGE EDUCATION PRESS

图书在版编目(CIP)数据

哈罗德·布鲁姆的文学观 / 张龙海著.
—上海:上海外语教育出版社,2012
国家哲学社会科学基金项目
ISBN 978-7-5446-2710-8

Ⅰ.①哈… Ⅱ.①张… Ⅲ.①布鲁姆,H.—文学理论—理论研究
Ⅳ.①I712.065

中国版本图书馆 CIP 数据核字(2012)第 054576 号

出版发行:上海外语教育出版社
　　　　　　(上海外国语大学内)　邮编:200083
电　　话:021-65425300(总机)
电子邮箱:bookinfo@sflep.com.cn
网　　址:http://www.sflep.com.cn　http://www.sflep.com
责任编辑:李健儿

印　　刷:同济大学印刷厂
开　　本:787×965　1/16　印张8　字数131千字
版　　次:2012年7月第1版　2012年7月第1次印刷
印　　数:2 000 册

书　　号:ISBN 978-7-5446-2710-8 / I · 0206
定　　价:23.00 元

本版图书如有印装质量问题,可向本社调换

本书作者与哈罗德·布鲁姆在其家中合影(2001 年)

For Longhai Chang
with Love

A map of misreading

Harold Bloom

Harold Bloom

OXFORD UNIVERSITY PRESS
Oxford   New York   Toronto   Melbourne

哈罗德·布鲁姆给本书作者赠书签名

谨以此书献给

美国耶鲁大学哈罗德·布鲁姆教授

This book is dedicated to

Professor Harold Bloom of Yale University

结项证书

项目类别：国家社会科学基金青年项目（批准号：05CWW005　）
项目名称：哈罗德·布鲁姆的文学观
负　责　人：张龙海　　　　　主要参加人：蔡春露　邓小玲　周郁蓓　胡永洪
证　书　号：20080583
鉴定等级：优秀

　　本项目经审核准予结项，特发此证。

全国哲学社会科学规划办公室

2008年9月30日

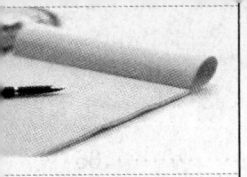

目 录

简写说明

（Agon）	*Agon: Towards a Theory of Revisionism*，New York：Oxford University Press，1982.
（AI）	*The Anxiety of Influence: A Theory of Poetry*，New York：Oxford University Press，1973.
（DC）	*Deconstruction and Criticism*，ed. Bloom，New York：Seabury Press，1979.
（BV）	*The Breaking of the Vessels*，Chicago and London：Chicago University Press，1982.
（Genius）	*Genius: A Mosaic of One Hundred Exemplary Creative Minds*，Warner Books，2002.
（KC）	*Kabbalah and Criticism*，New York：Seabury Press，1975.
（MM）	*A Map of Misreading*，New York：Oxford University Press，1975.
（PR）	*Poetry and Repression: Revisionism from Blake to Stevens*，New Haven and London：Yale University Press，1976.
（Shakespeare）	*Shakespeare: The Invention of the Human*. New York：Riverhead Books，1994.
（WC）	*The Western Canon*，New York：The Berkley Publishing Group，1994.
（HRW）	*How to Read and Why*，New York：Scribner，2001.
（WS）	*Wallace Stevens: The Poems of Our Climate*，Ithaca and London：Cornell University Press，1977.

鸣 谢

《哈罗德·布鲁姆的文学观》一书就要付梓出版,心里特别激动。回想起来,本书的顺利面世却是由多个"没想到"促成的。

首先,我没想到能有幸成为布鲁姆教授的学生。2001年我在美国耶鲁大学比较文学系从事博士后研究,师从布鲁姆教授,每学期听老教授两门课,还在每周四下午到他家边喝咖啡边汇报学习情况,甚至还在他家住了10天,替他看管房子。正是这一"奇缘",我得以进一步认识布鲁姆教授,开始接触他的"诗学影响理论",并逐渐对其感兴趣。也正是老教授对我的关爱,我的思路得以打开,视野变得开阔,突然冒出研究"布鲁姆的文学观"的想法和计划。

其次,我没想到能有幸获得国家社科基金项目。国家社科基金是我国哲学社会科学最高级别项目,要想折桂难度极大。在撰写课题论证的过程中,我数次与布鲁姆教授联系,讨论课题主要内容,并向国内一些专家教授征询意见。最终结果如我所愿。经过近三年的努力,在课题组成员蔡春露、邓小玲、周郁蓓教授和胡永洪博士的协助下,此课题顺利通过鉴定并结题。这一课题提供一个绝好的平台,使得关于布鲁姆研究能够从想法变成现实。

第三,我没想到能得到上海外语教育出版社的全额资助出版。目前,学术界一大遗憾是科研成果完成之时,便是其束之高阁之日,因为大多数出版社都要有偿出版学术专著。一次偶然机会，我和上海几位朋友聊天时谈起此情况，他们建议，何不将书稿投到上海外语教育出版社。我随之一试，很快就收到对方的反馈：审稿通过，将全额资助出版。正是上海外语教育出版社的给力使得本成果能够问世。

除了以上三个"没想到"，还有若干其他的"没想到"暂不一一罗列，对此我表示衷心的感谢和致意。同时，特别感谢我导师杨仁敬教授，我在写作本书的过程中经常与他交流，咨询各种问题。我的学生赖夏菲和王倩分别帮忙查找相关资料，本书部分内容原先发表在《当代外国文学》、《外国文学》、《戏剧》和《国外理论动态》等期刊，使得各阶段研究工作能够顺利进行，特此表示谢意。最后要向中国社会科学院外文所研究员赵一凡博士致意，感谢他在百忙之中通读本书稿、提出宝贵意见，并为本书作序。

张龙海

2011 年 3 月 8 日于厦门大学北村家中

序

张龙海,1968年生,福建漳州人,厦门大学杨仁敬老师培养的第一个博士。由于我同杨老师曾在哈佛同学,所以我也随之认识了龙海。龙海1999年获博士学位,2001年去美国耶鲁大学做博士后研究,师从哈罗德·布鲁姆(Harold Bloom)教授。其间,他得到布教授的指教,为自己的研究搜集了不少珍贵资料。

这本书名为《哈罗德·布鲁姆的文学观》。作为国家社科基金项目,它于2008年9月结题,鉴定等级为优秀。一本书稿,反复修订,从2003年开始写作到今年(2011年)付梓印刷,足足已有8年。区区一本书,为何如此费时呢?我想主要有如下两个原因:

其一,布鲁姆是美国20世纪最重要的文学批评家之一。1973年他发表《影响的焦虑》,在欧美文论界引起轰动。1975年他出版《误读之图》,成为解构批评的主要典范。1994年他又推出《西方正典》,强调文学经典的重读与捍卫。此人名气虽然大,可像他这样一再领导潮流、不断花样翻新的理论家,研究起来十分困难。迄今为止,中国学界对他只有零散论文,却无系统的论述评价。为了填补这一空白,龙海十年磨一剑,不惜远赴美国,亲自去听布教授讲课,当面向他请教、提问、质疑。如此治学态度,我认为当下是值得提倡的。

其二,龙海从美国回国后"双肩挑",兼任厦门大学外文学院的党委副书记。2007 年 10 月，外交部调他去印度工作两年，出任我驻孟买总领馆二秘、政文室主任。那两年中，龙海工作很投入，也很辛苦。我记得他从孟买打长途电话，向我报告他在那里的紧张情况。直到 2009 年 11 月，他才完成驻外工作，回厦大任教。

千辛万苦，路转峰回。龙海的书稿终于要出版了。我特为他作一代序，以资鼓励和褒奖。相信这本有关布鲁姆文学理论的专著，将在国内发挥它应有的引导作用。

赵一凡

2011 年 3 月 9 日于海口家中

前言

　　西方文学批评流派众多，名人辈出，而在二十世纪后半叶另起炉灶、自成一派的文学批评家之中，哈罗德·布鲁姆[①]榜上有名。他在 1973 年发表《影响的焦虑》(*The Anxiety of Influence*) 以后，独树一帜，推出"对抗式批评"(antithetical criticism)的诗学影响理论，在文论界引起了轰动，并产生不可低估的影响。正如美国诗人、批评家理查德·霍华德(Richard Howard，1929 -)所说的，"这么长一段时间以来，我们一直接受哈罗德·布鲁姆的教育。掠过表层，我们惊讶地发现：他是我们活的百科全书。"

　　我能成为此等大师的门徒，真是三生有幸。2001 年在与美国大学联系博士后项目时，我抱着试试看的心理给布鲁姆发了一份电子邮件，表明要投他门下的意愿。意想不到的是，第二天我打开电脑时，他已经回信了。鼠标虽已定格在信件上，但我却没有马上打开——当时的心情极端矛盾。之所以矛盾，是因为我担心遭到拒绝，失去向大师学习的机会。但随后一想，如果他拒绝也是合情合理：如此大牌教授，仅凭我的个人简介材料，怎么就可能接收我这个素未谋面的学生呢！犹豫之后，已有心理准备的我猛地点击鼠标，打开邮件，里面竟然写着，"我乐意为你效劳，但是联系学校一事要自己解决。"有了他这块牌子，接下来与耶鲁大

---

① 布鲁姆是笔者的老师，但在本书的行文中，出于方便，全部以"布鲁姆"代替"布鲁姆教授"。

学研究生院的联系工作也就畅通无阻,我终于得到前往耶鲁大学比较文学系从事博士后研究的难得机会。到了耶鲁大学安顿下来之后,我急忙打电话约他见面。他邀请我到他家中一坐,喝喝咖啡,谈谈计划。我按照所给的地址很快就找到他的房子。这是一栋三层楼的房子(我们常说的别墅),掩映在参天大树之中,离校园步行只需三四分钟。我敲了敲门,开门的是一位70多岁的老人,身穿浅蓝色线条衬衫,身材魁梧,挺着一个大肚子。眼前的这位老人就是布鲁姆! 寒暄之后,他便开口问道,"你这个博士后项目要写什么呢?"我早有准备,说,"想写'美国亚裔文学中的后现代主义'。"因为美国亚裔/华裔文学是我的老本行,我想继续搞下去。他马上说道,"这个题目太大,不好写。"我便拿出第二套方案——先看点书再决定。没想到老教授同意了,"对,一定要多读。"接着,他问及我的家人。当他听到我的家人都在中国时,他的眼睛红了,闪着泪光,说,"这对你们双方都很艰苦。"聊了两个小时后,老教授送给我四本他的专著,其中一本是他的巨著——《莎士比亚:人类的创造》(*Shakespeare: The Invention of the Human*, 1998)。他送我到门口,抱着我,吻了我的前额。我可从来没有被人吻过,除了我的爱人和孩子外。在回家的路上,我的心情无法平静下来,老教授的形象一幕一幕地浮现在我的眼前……

哈罗德·布鲁姆1930年出生在纽约市的东布朗克斯,父母均为犹太人,从俄罗斯移居到美国。在孩提时代,布鲁姆最先使用的语言并非英语,而是意第绪语(Yiddish)。他七八岁时就要求姐姐带他到纽约市图书馆,对诗歌情有独钟,特别喜爱哈特·克莱恩(Hart Crane, 1899 - 1932)和威廉·布莱克(William Blake, 1757 - 1827)等诗人的诗歌,从小对文学产生浓厚的兴趣。

"我觉得你总是超负荷工作,肯定很累,"在和他聊天时,我这样说道。"我必须超负荷工作。每天都有很多书要读,很多东西要写,很多信件要回。我的时间表里找不到一块空白的地方。如果不这样,我会觉得很累。"他的这种不知疲倦的工作方式和阅读习惯并非一日养成的。他博览群书,过目不忘,连他在康奈尔大学的导师迈耶·霍华德·艾布拉姆斯(Meyer Howard Abrams, 1912 -)教授都对他赞不绝口。布鲁姆1951年毕业于康奈尔大学,获学士学位,之后到耶鲁大学读研究生。至于康奈尔大学为什么不留他在本校继续深造,艾布拉姆斯教授道出其中缘由。"我们一再坚持要他到别的大学攻读学位,因为我们没办法再教给他更多的东西。"

此等评价绝非出于一般的礼貌,布鲁姆在耶鲁的学习成绩证明了这一点。耶鲁大学文学方向的研究生学习堪称艰苦异常,极富挑战性,一般的学习年限是五至七年,有的要学八年,而平均年限是六年才能获得博士学位。布鲁姆到了耶鲁之后,不辱使命,仅用四年的时间便拿到了文学博士学位。1955年,他毕业后留在英语系任教,从此与纽黑文(New Haven,耶鲁大学所在地)结下不解之缘。他在那里认识了一位名叫珍妮(Jeanne)的女孩,并与她结婚。珍妮曾是布兰福德一所学校的心理医生,现已退休。他们俩有两个儿子,均住在纽约。

我在耶鲁大学学习期间,布鲁姆请我每周四下午四点到他家坐坐。这个时间从没变过。我们边喝咖啡边聊天,主要是我向他汇报一周来的学习情况,请教问题。每次见面,他问的第一个问题是"这周过得怎么样?"而不是"你好吗?"我当然知道他的含义:这周看了哪些书?有什么收获?耶鲁大学东亚系教授孙康宜听说我每星期都到布鲁姆家和他交谈一个多小时,惊讶不已,因为布鲁姆非常忙,很少请人到他家,更别说每周都去。我听了之后,倍感珍惜。为了每周这一个多小时的谈话,我从不敢偷懒,抓紧时间利用耶鲁大学的图书馆,涉猎有关的书刊,把一些心得和问题记下来,然后与老教授交流请教。

除此之外,我每周还选布鲁姆的两门课。布鲁姆虽为"耶鲁四人帮"①之一、美国文学界的泰斗,但是他坚持给学生上课,每学期开两门课,经常是一门研究生课,一门本科生课,如2002年春季,他给研究生上"莎士比亚悲剧",给本科生上"美国主要诗人"。他的课深入浅出,极受欢迎。第一次上课时,70多位学生挤在一起,有的只能席地而坐。布鲁姆介绍完课程的情况和要求后,让每个学生拿出纸张,写下对这门课的了解程度和选修的理由。他再根据这些材料挑选25至30个学生。老教授确实学识渊博,上课从来没有讲义教案,只有一张巴掌大的纸张,上面写着引文的页码,眼睛看着学生,双手交叉在胸前,摇摆着头,一字不漏地把每堂课所涉及的引文背出来。看到他这种渊博的知识,我真正感受到了学无止境的压力。

正是有了这一段难得的经历和难忘的师生感情,我回国后在整理带

---

① 耶鲁大学是美国文学批评最主要阵地之一。20世纪四五十年代风靡美国乃至世界的新批评之风就是从耶鲁大学刮起的。紧接着在七八十年代,耶鲁大学再次形成以保尔·德·曼(Paul de Man, 1919 – 1983)、希利斯·米勒(Hillis Miller, 1928 –)、哈罗德·布鲁姆和杰弗里·哈特曼(Geoffrey Hartman, 1929 –)等为代表的"耶鲁学派"批评团体,他们著书立说,阐释自己的文学批评观点。1979年,布鲁姆协同上述几位同事,包括雅克·德里达(Jacques Derrida,1930 – 2004),合作出版了一部论文集《解构与批评》(*Deconstruction and Criticism*)。因此,这个批评团体被命名为"解构主义"流派,人们也戏称四人为"耶鲁四人帮"。

回来的材料的过程中逐渐理出一条思路：何不把布鲁姆作为研究对象——他的诗学影响理论、他的经典研究以及他的研究方法等。2005 年在申请国家社科基金时，我向老教授征求意见，并告知我的研究计划，得到他的指导和支持，并如愿地拿到这个项目——哈罗德·布鲁姆的文学观。

目前，国内学术界对布鲁姆的研究正在逐步深化。1989 年，徐文博教授翻译了《影响的焦虑》，这也是布鲁姆的著作在国内的第一本中译本，把美国批评界看好的、具有轰动性的诗学影响理论展现在中国读者面前，为中国 20 世纪 90 年代西方文艺理论的引进热潮埋下伏笔。[①] 2005 年，江宁康教授翻译的《西方正典》终于和读者见面，为时下的经典重读注入一剂强心剂。与此同时，我们也看到知识旅行的艰辛。《影响的焦虑》发表于 1973 年，16 年之后其中文版才与中国读者见面；而《西方正典》发表于 1994 年，11 年之后其中文版才在中国面世。1975 年出版的《误读之图》到 1992 年由朱立元和陈克明翻译后在我国台湾出版、2009 年才在内地出版。这种知识旅行速度比 19 世纪华工乘船横越太平洋到美国淘金的速度还慢 50 倍。[②] 目前，布鲁姆已经发表 30 部专著，但是译成中文（包括摘译）的却只有四部。[③] 从某一方面来说，这严重限制了布鲁姆研究的进行，因为没有翻译作为先导，研究很难达到推广的效果，毕竟出国进修学者的数量不是太多，而和布鲁姆有直接接触的则更少。[④]

截至 2010 年，国内就布鲁姆的研究共发表论文 51 篇，主要集中在诗学影响理论、经典研究、综述评介以及访谈等，对其浪漫主义诗歌研究与宗教研究的研究较少。诗学影响理论方面主要有盛宁教授的《二十世纪

---

① 笔者曾在深圳大学与徐文博教授详聊。徐教授称，当时翻译这本书时，国内关于西方文艺理论的评介还很少，对一些术语的译法无参考之处。所以，他把"Deconstructive Criticism"译成"消解式批评"。我们从中可以看到西方文艺理论在中国被接受的轨迹。

② 这种慢速度的知识旅行有许多原因。笔者 2002 年回国后，曾与几个较为出名的出版社联系，告知他们：布鲁姆已授权笔者本人，可以在中国内地直接翻译出版他的著作，不用经过布鲁姆本人或者他的经纪人；并希望组织力量把布鲁姆的著作译成中文，或者先译《天才：百位典型创新作家的马赛克》和《莎士比亚：人类的创造》等。但由于种种原因，翻译布鲁姆作品的事宜还是耽搁下来了。

③ 第三部是吴琼翻译的《批评、正典结构与预言》，主要摘取布鲁姆不同作品中的章节组合成册；第四部是朱立元和陈克明翻译的《误读图示》。这里需要指出的是，两位译者用的是《误读图示》，笔者却沿用自己的一贯叫法：《误读之图》。

④ 从目前的研究情况来看，绝大部分的从事这一方面研究的学者都有国外留学经历，部分和布鲁姆有直接接触，如王宁、江宁康、徐静和笔者等。可能由于这个原因，他们才希望揭开老教授神秘的面纱，将其推介给中国读者。

美国文论》、赵一凡教授的《美国文化批评集》、金元蒲教授《接受反应文论》以及胡宝平教授的"布鲁姆诗学误读理论与互文性的误读"、李红艳老师的"诗的误读与'夺胎''换骨''点铁成金'——黄庭坚与布鲁姆诗论的比较"和笔者的"哈罗德·布鲁姆论误读";在经典研究方面主要有江宁康教授的"文学经典的传承与论争——评哈罗德·布鲁姆的《西方正典》"、黄应全教授的"如何构想新审美批评?——评哈罗德·布鲁姆的《西方正典》"和陈晓明先生的"'憎恨学派'或'后左翼'的新生";浪漫主义诗歌研究主要有张跃军教授与古克平教授的"布鲁姆早期浪漫主义诗歌理论初探";综述评介主要有王宁教授的"哈罗德·布鲁姆和他的修正式批评理论"、王逢振教授的"怪才布鲁姆"、罗杰鹦教授的"近15年来我国哈罗德·布鲁姆理论研究"和笔者的"哈罗德·布鲁姆与对抗式批评";访谈录主要有笔者的"哈罗德·布鲁姆教授访谈录"和徐静女士的"哈罗德·布鲁姆访谈录"。[①] 这些论著和文章从不同侧面对布鲁姆的学术观点进行层层解构,进而重构其文学观。

---

① 这里简要列出比较有代表性的著作或论文,并非全部罗列。同时,有些学者在这方面已经发表多篇论文,这里只从其多篇文章中挑选一篇有代表性的。例如,胡宝平教授分别于1999年和2004年在《国外文学》发表"论布鲁姆'诗学误读'"和"诗学误读 互文性 文学史";江宁康教授于2005年在《江苏社会科学》发表"评当代美国文学批评中的唯美主义倾向——哈罗德·布鲁姆的文学批评思想研究";罗杰鹦教授于2007年在《思想战线》发表"哈罗德·布鲁姆理论在中国的接受与研究"。详情可见后面的"参考书目"。

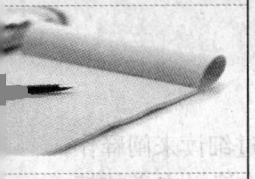

第一章

哈罗德·布鲁姆与对抗式批评

哈罗德·布鲁姆现在是耶鲁大学人文中心的终身教授和纽约大学英语系的终身教授,曾经获得美国麦克阿瑟奖,任《诺顿美国文学选集》(*Norton Anthology of American Literature*)编委,今为美国艺术文学科学院(American Academy of Arts and Letters)院士,到目前为止已经发表专著30部,编写、撰写引言的书多达500多本。细读他的著作,人们不难发现,他的成就可以分为四个阶段,每个阶段都有一个中心。

布鲁姆最早是以从事浪漫主义诗歌批评而闻名。从20世纪50年代末起,他的第一本专著《雪莱的神话创造》(*Shelly's Mythmaking*,1959)以其独特的视角与见解重新解读浪漫主义诗歌,并体现出他对传统学术思想和风格的不满;紧接其后的是一系列有关浪漫主义诗歌的专著:《虚构导读:阅读英国浪漫主义诗歌》(*The Visionary Company: A Reading of English Romantic Poetry*,1961)、《布莱克的启示:诗歌讨论研究》(*Blake's Apocalypse: A Study in Poetic Argument*,1963)、《叶芝》(*Yeats*,1970)和《塔中鸣钟者:浪漫主义传统研究》(*The Ringers in the Tower:*

Studies in Romantic Tradition, 1971)。这些著作不仅通过细读来阐释作家,从而使布鲁姆一跃成为批评界的新星,而且还通过讨论浪漫主义的持续性,体现他志在后文化复兴的英国文学中将浪漫主义树为中心的雄心壮志。由于艾略特排斥贬低浪漫主义,布鲁姆的矛头直指艾略特,认为浪漫主义诗歌并不体现诗人与自然的和谐,而是运用想象与之对抗。他的这种观点在当时新批评还在盛行的氛围中颇显激进和挑战性。

70 年代早期,羽翼渐丰的布鲁姆利用他浪漫主义诗歌批评的深厚功底,笔锋一转,转向更为广阔的文学批评,提出"对抗式批评"的诗学影响理论,从而进入其成就的第二阶段,也是最为重要的阶段。四部曲之首的《影响的焦虑》一鸣惊人,阐释了诗歌的相互影响,即强劲诗人之间的关系,提供了一套行之有效的实用批评理论。这个理论在《误读之图》(*A Map of Misreading*,1975)、《卡巴拉和批评》(*Kabbalah and Criticism*,1976)和《诗歌与压抑:从布莱克到史蒂文斯的修正论》(*Poetry and Repression: Revision from Blake to Stevens*,1976)中得到进一步的展开和印证。后文艺复兴的诗歌是"取得的焦虑",是后人[1]对前人误读的产物,是新人对前人影响的压抑的结果。因此,这个理论的中心是如何误读(关于诗学影响理论将在下一部分详细论述)。就这样,布鲁姆扬弃新批评理论和解构主义,创立了自己的"对抗式批评"诗学影响理论。

布鲁姆在著作中不断引用、提及宗教尤其是《圣经》的典故,接着对其进行专门论述,从而进入他的创作的第三阶段。1982 年,他的《冲突:迈向修正主义理论》(*Agon: Towards a Theory of Revisionism*)发表,探讨了诺斯替主义(Gnosticism)。他认为,诺斯替的信仰和虚构的诗歌是可以相互转换的知识模式。《美国宗教》(*The American Religion*,1992)指出,美国的宗教传统和文学传统变得越来越诺斯替。1990 年,《J 之书》(*The Book of J*)一出版就成为当年的畅销书。作者在书中提出一个饶有趣味的观点:《摩西五经》中的一些章节出自一位女人之手。

布鲁姆创作的第四阶段从《西方正典:时代之书和流派》(*The Western Canon: The Books and School of the Ages*,1994)开始。此书进一步体现作者的渊博知识和视文学为生命的精神。他在书中详述 26 位西方作家的正典之作,认为评判一本书是否正典的标准是其独创性和美学价值。布鲁姆公开批评根据文本的内容分门别类,划分为女性主义者、马克思主义者和新历史主义者,因为,在他看来,文学之所以伟大是因为其精神升华和美感强度,应该与政治和道德无关。作者还在长达 36 页的附录中列出他所认为的正典之作和有潜力成为正典的作品。紧随其后的《莎

---

① 这是布鲁姆对抗式批评理论的常用术语之一,英语是"ephebe",指的是"后辈诗人"。相关的术语还有"迟来"(belatedness),意思是与"前辈诗人"相比,"后辈诗人"在时间上处于劣势。

士比亚:人类的创造》(*Shakespeare: The Invention of the Human*)更是一部鸿篇巨制,被《纽约时报书评》称为"也许自从 18 世纪中期的萨缪尔·约翰逊之后,再也没有一位批评家能够像布鲁姆先生这样向广大读者阐释莎士比亚的'我们是谁'这一思想的重要性"(WC, 2)①。布鲁姆对莎士比亚一往情深,早在他开始写作《影响的焦虑》时便已对莎士比亚有相当的研究,只是觉得尚未成熟,没有将其写进去而已。作者在书中强调,是莎士比亚创造了人类的个性。"在哈姆雷特教会我们不要对语言或者自己抱有信念之前,对我们来说,作为人类显得简单多了,而且也比较索然无味。通过哈姆雷特,莎士比亚让我们怀疑人与人之间的关系,因为我们已经学会怀疑情感世界中的话语。"2002 年出版的巨著《天才》(*Genius: A Mosaic of One Hundred Exemplary Creative Writers*)也是对西方正典进行评述:将范围扩展到 100 位作家。2004 年出版的《智慧何在》(*Where Shall Wisdom Be Found?*)虽侧重经典作家的思想,但是也是以文本分析为基础。因此,第四阶段的特点是在前期研究的基础上,以更为宏大的视角将文本、理论和宗教融为一体,重新审视西方正典,将高雅的严肃文学大众化。

第一节 "对抗式批评"诗学影响理论

　　布鲁姆自从提出诗学影响理论,即对抗式批评以后,学术界忙于将其分门别类,将其划归到哪个主义或者流派。

一、无门无派

　　目前,国内学术界对哈罗德·布鲁姆的评论主要分成两大类:第一类是将其并入解构主义,第二类是读者反应论。徐文博教授在他的中文译本《影响的焦虑》的"译者导论"中写道:"尽管布鲁姆独树一帜地提出'逆反'式批评②,且自称是一种'实用批评',但实际上他还是没有脱出'消解

---

① 本书中关于布鲁姆作品的引用将依照书名缩写形式,直接标出页码。
② 徐文博教授当时翻译时将 Antithetical Criticism 译成"逆反式批评"。Antithetical 有"对偶的"、"对立的"和"相反的"等意思。由于该理论主要指后辈诗人对前辈诗人的反抗和超越,所以笔者将其译成"对抗式批评",本书就统一采用这一译法。

式文艺批评(Deconstructive Criticism)的范畴……所以人们一般还是把布鲁姆归入消解式文艺批评流派'"(布鲁姆，第3页)。宋晓平在《20世纪欧美文论名著博览》中指出："因为耶鲁学术团体同德里达关系密切，故布鲁姆也常被称为解构批评家，但实际上，布鲁姆同解构主义始终保持着一定距离"(章国锋，第75页)。吴琼在《批评、正典结构与预言》的"序"中也提到："由于耶鲁学派的关系，一般地，人们把布鲁姆也称作是美国解构批评的代表人，并认为这一批评与德里达掀起的解构运动有关"(布鲁姆，第2—3页)。而金元蒲在《接受反应文论》中写道："布鲁姆虽然也是耶鲁四人集团的重要理论家，在那部被认为是解构主义批评宣言的四人集《解构与批评》中居于重要地位，但严格说他不是正宗的解构主义者，照哈特曼的说法，他'在某些场合还撰文反对解构主义'，因此与德里达、德曼和米勒有所区别。艾布拉姆斯则因其'误读论'和影响研究明确地将他归入读者反应批评阵营"(金元蒲，第307页)。

笔者将这两种归类告诉布鲁姆时，他笑了笑，不假思索地说："不，我不是什么解构主义者，也不是读者反应论的成员。我跟读者反应论毫不相干。"布鲁姆为何拒绝成为这两类文学批评中的一员呢？他的理论到底归于何类？

50年代和60年代早期，"新批评"在耶鲁大学占据主导地位，而布鲁姆所从事的研究对象——浪漫主义诗歌——遭到"新批评"的排斥。进入70年代，他曾经与解构主义的"耶鲁集团"合作过，可是到了70年代后期，他就尽量远离所谓的"法国幻想"。"批评处于被奥尔巴哈的继承人和诺斯洛普·弗莱等过度心理化的危险之中，也处于被尼采的继承人，即解构主义流派的追随者，过度去心理化的危险之中，其中最为著名的是：德里达、德·曼和希利斯·米勒等"(MM，79)[1]。布鲁姆也坦言道，几十年来，他和德曼一直争论不休。德曼和其他解构主义者强调语言意义的不稳定性，而布鲁姆却认为人们的想象力应该独立于语言之外。这种学术上的分歧最终导致布鲁姆于1974年与英语系彻底断绝关系，只身前往耶鲁大学人文中心，在那里继续构建自己的理论体系。这就是为什么现在有关他的介绍都写着"耶鲁大学人文中心斯特林教授"，而不是英语系或者比较文学系的教授，尽管这两系的名单上都有他的名字。我们从中可以看出，布鲁姆与解构主义大有势不两立之状。因此，把他归入解构主义阵营

---

① 德·曼和米勒为"耶鲁四人帮"成员。详见第 xii 页脚注。

似乎有点牵强。

读者反应论的批评方法强调读者和阅读过程,看轻作者或者文本。此流派认为文学是一门表演艺术,只有当它被阅读时它才存在。文本既无固定的、也无最终的意义和价值。字面意义和价值是由读者与文本之间的相互作用而产生的。而布鲁姆的"误读论"并非读者对文本的阐释。"我希望通过促进一种更为对抗的批评,一种诗人与诗人相互对抗的批评,来奉劝读者必须承担诗人的痛苦。这样,读者就可以将其延迟转化为力量,而不是痛苦"(MM,80)。这种痛苦就是焦虑。布鲁姆认为,阅读几乎是一种不可能的事情,因为读者与文本的关系是由延迟的比喻所支配。诗人读者所进行的阅读是一种误读,一种可以让他的新诗诞生的阅读。他只能通过比喻或者防御开始,从而篡改他的前辈诗人的作品。"它一定是一种篡改,因为所有的强劲阅读都坚持认为,它所发现的意义是独一无二的,也是准确无误的"(MM,69)。由此可见,布鲁姆所说的阅读并非一般意义上的阅读,而是一种强劲诗人(strong poet)对前辈作品的误读、篡改,从而创造出自己的新诗的过程。

二、对抗与超越

布鲁姆喜欢将自己的"诗学影响"理论称为"对抗式批评"。所谓的对抗是"使用平衡或者平行的结构、短语和词语把对比的思想并列地放在一起"(AI,65)。这里的关键是谁与谁对比、谁与谁并列。布鲁姆的理论核心是"误读",而"误读"的根源在于前辈诗人的成就和影响所造成的焦虑。需要注意的是,影响并不是前辈诗人引导、启发后辈诗人,不是一种思想或者意象的继承;相反,它是前辈诗人的成就成为后辈诗人脱颖而出的绊脚石。在前辈诗人的巨大阴影中,后辈诗人感到焦虑不安,急于挣脱这种束缚。面对这种威胁和影响,后辈的强劲诗人学会通过阅读、误读、误释前辈诗人的作品,变被动为主动,改变时空上的延迟状态,重新审视、重新评价、重新展现前辈诗人的作品,为自己作品的诞生腾出了空间。

布鲁姆巧妙地借用弗洛伊德的"家庭罗曼史"中父子相争的意象来阐释他的"对抗式批评"。撒旦反对上帝,拒绝接受上帝的差遣,宁愿到地狱受苦,"宁为鸡首,毋为牛后"。这是他得以继续与上帝分庭抗礼的关键。如果不下地狱,撒旦就不可能开创出能够再与上帝一决雌雄的新天地。同样道理,后辈诗人如果因循守旧、接受传统,接受前辈诗人的影响,他就很难有所作为、有所创新;只有走出前辈诗人的阴影,偏离前辈诗人的作品,后辈诗人才能创造出属于自己的不朽之作。因此,每首诗歌都是对前辈诗歌的误释。诗歌不是对焦虑的克服,而是那种焦虑的体现。

布鲁姆认为,"具有创造性的误读"必须通过六种"修正比"(revisionary ratio)才能得以进行。所谓的"修正"(revision)就是重新瞄准或者重新审视,从而导致重新估量或者重新评价。"我们可以大胆地提出这一公式:修正论者试图再看一遍,以便重新估量和评价,最后矫正地定位瞄准……重新审视是一种限制,重新评价是一种代替,重新瞄准是一种再现"(MM,4)。当后辈诗人重新审视前辈诗人的作品时,会发现里面的新东西、新意义,这反而对前人作品的意义范畴作出新的规定和限制,规定只能是这个意义,而不能是那个意义。这种新发现之后便是重新评价前人的作品。这种评价既是在新发现的基础上,也是在以前的评价基础上进行的,从而代替了先前的评价。最后,根据自己的发现和评价,后辈诗人重新固定或者确定前人作品的主题、中心和意义,从而以一种全新的视角再现前人的作品。

布鲁姆借用了六个名词来命名他的六种"修正比":克里纳门(Clinamen,借自卢克莱修的作品)、塔瑟拉(Tessara,借自古代的神秘祭祀仪式)、克诺西斯(Kenosis,借自圣经中的"圣保罗")、魔化(Daemonization,取自新柏拉图主义)、艾斯克西斯(Askesis,取自前苏格拉底的巫师)、阿波弗雷兹(Apophrades,借自雅典神话)。它们看似晦涩难懂,但却是理解布鲁姆的"误读论"的关键。

具体地说,"克里纳门"是诗歌误读或者有意误读。后辈诗人偏离其前人的作品,通过这种方式阅读前辈的作品,从而引起"克里纳门"。前辈的诗歌在达到某一点后突然转向,朝后人新诗移动的方向偏移。

"塔瑟拉"是"完成和对抗"。其原意是指一个小容器的碎片可以和其他碎片一起重新构成这个容器。诗人就是以这样对抗的方式"完成、成全"他的前辈的作品。他通过这种方式阅读前辈的作品以保留其原有的词语,但是这些词语却变成其他意义。这样,只有在后辈诗人的帮助下,前辈诗人得以完成自己的作品。

"克诺西斯"是"一种断开机制",原意指基督自动放弃神性,从神降为人。后辈诗人倾空自己的灵感,自我谦逊,好像他已经不再是诗人了。但是,这种"衰退"是与前辈诗人的衰退之诗结伴而行,从而前辈诗人也被倾倒一空,后辈诗人也就断绝与前辈诗人的关系。这种以退为进的策略为后辈诗人的升华积蓄了力量。

"魔化"是"一种反对前辈诗人的升华,从而达到个性化逆升华的运动"(AI，87)。后辈诗人通过压抑使自己变成魔鬼，而前辈诗人却降为凡人，处于相对弱势的境地。这样，后辈诗人达到暂时的领先。

"艾斯克西斯"是"一种旨在获得孤独状态的自我净化运动"。它"是一种竞争，一种与死者进行你死我活的斗争"(AI，122)。经过逆升华的后辈诗人通过缩削将自己与其他人(包括前辈诗人)分离开来，进入超然状态。

"阿波弗雷兹"是"死者的回归"。后辈诗人的作品再次向前辈诗人敞开，造成一种奇特的效果：好像是后辈诗人本身写就前辈诗人的作品，因为"强劲的已逝诗人回归，但他们却是用我们的格调回归的，用我们的声音说话"(AI，141)。这样，时间被倒置，后辈诗人获得优先权，而前辈诗人变成是在模仿后辈诗人。

这六种"修正比"只是技巧，而比喻才是误读中最重要的因素。布鲁姆认为，想象就是误释，从而使得所有诗歌与前人作品形成对抗。真正的想象力的牢笼是延迟或者担心时间报复的恐惧感。我们必须使用语言来表达，而且要比喻地应用。"尽可能充分地理解预言与暗示、'说话'和'意义'之间的关系，这是走出语言牢房的办法"(MM，69)。因此，"要用语言开创任何东西时，我们必须依靠比喻，而且这个比喻会帮助我们防御另一个先前的比喻"(MM，69)。独创性不仅依赖比喻，而且本身就是比喻，况且诗歌的意义极不稳定。这样，后辈诗人就可以将延迟的不利因素转变成有利因素，利用比喻来误读、误释前辈诗人的作品。这种比喻是心理防御的手段和结果。至此，布鲁姆的"误读之图"诞生了：

修正论的辩证法	诗歌中的意象	修辞比喻	心理防御	修正比
限制	在场和不在场	讽喻	反应—形成	克里纳门
代替	↕	↕	↕	↕
再现	部分对整体/整体对部分	提喻	反对自我/颠倒	塔瑟拉
限制	充满和倒空	转喻	分离/孤立/回归	克诺西斯
代替	↕	↕	↕	↕
再现	高和低	夸张/曲言法	压抑	魔化
限制	内部和外部	隐喻	升华	艾斯克西斯
代替	↕	↕	↕	↕
再现	早和迟	代喻	内射/投射	阿波弗雷兹

(MM，84)

这张误读之图揭示了意义产生的过程：后辈的强劲诗人在回应和防

第一章　哈罗德·布鲁姆与对抗式批评

御前辈的强劲诗人的语言时,通过使用各种比喻之间和各种意象之间的相互作用产生了意义。布鲁姆通过分析比喻和防御的定义,进一步指出,两者都是篡改,因为比喻和防御都是一种解释,从而也是一种误释。"比喻是有关语言的必然错误,防御字面意义的死亡危险"(MM,94)。这样,布鲁姆从心理学和修辞学等方面论述了误读的可能性和可行性,从而为后辈诗人摆脱前辈诗人的阴影和影响的焦虑提供了借鉴。

影响是一种暗喻,是诸多比喻中的比喻,不能简单地将其归纳成思想、意象的传递。"它是诗歌误读,有必要研究作为诗人的诗人的生命循环"(AI,7-8)。前辈诗人的影响产生后辈诗人的焦虑,迫使他们通过误读来颠覆时间上的延迟,为他们自己腾出想象的空间。这就是为什么后辈诗人在阅读前辈诗人的作品时会出现中断的原因。因此,后辈诗人要学会"是我但非我"。"所有的阐释都取决于意义之间的对抗关系,而不是取决于一个文本和其意义之间的假设关系"(MM,76)。

布鲁姆的"对抗式批评"打破了传统的模仿、继承的思想。他认为,"影响的焦虑"产生了误读、修正和再现,从而推陈出新,有所开创,达到逆升华。这给我们研读文本提供了新视角、新思路,让我们可以从另一角度去审视、评价文本和互文性。

第二节　影　响

要想很好地理解哈罗德·布鲁姆的诗学影响理论,必须首先明白理论中的一个关键术语——"影响"。它不同于一般常识的理解,却是每位后辈诗人所必须面对的,也是诗学传统不可缺少的要素之一。每个强劲诗人都有莫大的焦虑,一种诗学影响的焦虑。这种焦虑就是后辈诗人如何面对前辈诗人的影响,如何摆脱这种影响。那么什么是"影响"呢?

一、影响的界定

奥斯卡·王尔德(Oscar Wilde,1854-1900)曾对"影响"作如是说:"影响只是一种简单的个性的转换,一种将自己最珍贵的东西给予他人的模式,这种做法产生一种感觉,或许是失落的现实,因为每个徒弟都从师傅那里带走某种东西"(AI，4)。王尔德对影响的理解是一种影响他人的焦虑，是影响者的焦虑，是师傅担心徒弟学走本事的焦虑。但是，他接着又说："影响他人就是将自己的灵魂给予他人。他不会按照自己的自然思想思考，也不会激发出自己的自然情感。他的德行并非完全属于自己。他的罪恶感，如果有的话，也只是借用的。他变成他人音乐的应声虫，成为一个本不属于他的角色的演员"(AI，4)。王尔德的观点凸出影响者和被影响者的尴尬境地：从影响他人的失落感到被影响者丧失自主性——被影响者完全受制于人，用别人头脑思考，用别人的声音说话，成为一个彻头彻尾的应声虫。这种影响与被影响的代价太大，远非布鲁姆所希望的。

华莱士·斯蒂文斯(Wallace Stevens，1879－1955)对影响的理解更进一步。他指出："当然，我来自过去，过去是我的一部分，而不是明显带有柯勒律治、华兹华斯印记的东西。我不知道有谁对我特别重要。我的现实—想象情结完全归属我自己，尽管我会在其他地方看到它"(AI，5)。我们都是来自过去，要想与它一刀两断、截然分开是不可能的。正确的态度应该像斯蒂文斯所说的容纳吸收过去的东西，将其转化成自己有机的组成部分，让人看不出有任何"嫁接"的痕迹。

尽管斯蒂文斯的观点比王尔德更进一步，但是，它和布鲁姆心中的"影响"尚有很大的不同。人们一般认为，影响就是一方作用于另一方。《现代汉语词典》第5版第1636页对"影响"的定义是"对别人的思想或行动起作用(如影之随形，响之应声)；对人或事物所起的作用"。"影之随形"中的"影"是被影响对象，"形"是影响的源头，人们可以从"形"知道"影"，反之亦然。这种影响就是斯蒂文斯所谓的"明显带有柯勒律治、华兹华斯印记的东西"或者"我会在其他地方看到它"。

这些关于"影响"的理解和布鲁姆的理念完全不同。"我们说的'诗学影响'不是指思想和意象从前辈诗人那里转化到后辈诗人那里，这里面确实有某种事情发生。这种转化是否在后辈诗人身上引发焦虑只是性格和环境问题。这些材料正好适合源头探究者和传记作者，与我所关注的没有多少关系"(AI，71)。布鲁姆明确指出，前辈作家和后辈作家之间确实存在一种看得见、摸得着的影响，一种实际存在的东西：词汇、风格、意象等的相似性。这宛如孩子的眼睛长得像父亲的，嘴巴像母亲的。但是，对布鲁姆来说，这种看得见的影响宁可留与别人研究。"诗学影响的奥秘不能简化为源头研究、思想历史或者意象图案等"(AI，6)。为了强调自己的"影响"理念不同于一般常识中的概念，避免读者的误解，布鲁姆后来在

《误读之图》中再次强调:"我所理解的诗学影响和诗人之间的词汇相似性几乎没有关系……影响的焦虑完全不同于风格的焦虑"(MM,19-20)。他接着在《卡巴拉和批评》中又一次强调:"诗学影响的基本现象与这几种现象无关:意象或者思想的借用,声音的图案,或者词汇层面的相似性"(KC,66)。

爱尔兰科克大学学院教授、文论学者格拉汉姆·艾伦(Graham Allen)在《哈罗德·布鲁姆:矛盾的诗学》中对人们关于布鲁姆的诗学影响理念的误解作了很好的总结。他指出:"关于布鲁姆影响的定义有三种基本误解:一种认为它是建立在风格、意象和公开的诗歌归类的相似性的基础上——这些在一般情况下理解影响的诗学语言层面;认为它再现俄狄浦斯式的影响过程,从而形成对关于作者的正统观念的防御;最后认为它提供支持文学历史的形式,而且它本身就是对历史或者语境下理解文本的再肯定"(Allen,17-18)。

布鲁姆通过一系列"不是"来论述自己关于"影响"的理解。那么到底什么是"影响"呢? 他在《影响的焦虑》开篇指出:"诗学影响,或者像我经常说的,诗学误读,当然要研究作为诗人的诗人的生命循环"(AI,7-8)。从这里可以看出,布鲁姆的诗学影响就是诗学误读。换句话说,诗学误读的过程就是诗学影响的过程。布鲁姆认为,年轻诗人刚开始都要强烈反抗死亡意识,形成反自然或者对抗之人,开始寻求无法企及的目标:在这个过程中,他不知不觉地陷入与前辈诗人竞争的关系之中——要么在这过程中沉默死亡,要么脱颖而出。这种担心死亡的焦虑促使年轻诗人奋起反抗,与前辈诗人形成对抗。这就是布鲁姆有时把自己的诗学影响理论称为"对抗式批评"的原因。他声称:"所有自称重要的理论要么属于赘述——诗歌就是或者意味其自身;要么属于还原——诗歌意指其他非诗歌的东西。对抗式批评必须首先否定赘述论和还原论。这种否定从这一观念得到肯定:一首诗歌的意思不仅是诗歌而且是其他诗歌,一首不是其自身的诗歌"(AI,70)。布鲁姆认为,诗歌的意义不是产生于某一具体文本,而是产生于诗歌之间。因此,他的"影响"是一种诗学误读,一种对抗式阅读,突出前辈诗歌与后辈诗歌之间的关系。"像我的早期那本书一样,《误读之图》也是研究诗学影响。我继续强调它不是把前人作品的意象和想法传到后人作品。影响,正如我所理解的,意味着没有文本,只有文本之间的关系"(MM,3)。

布鲁姆的"影响"论是一种比喻,超越常识意义上的范畴。他指出:"我所指的影响是一首诗与其他诗的整个关系。这意味着我所用的影响本身具有高度意识的比喻。确实，一个包含六个层面的比喻本来具有六个主要比喻：反讽、提喻、转喻、夸张、暗喻和代喻……我所提供的六种比喻是六种影响的阐释，六种阅读/误读诗歌内部关系的方法，也就是说六种阅读诗歌的方式。这六种方式可能融合成一个完整的阐释"（MM，70-71）。这个"影响"是六种比喻的载体，具有相当丰富的内涵，既可以把它理解成诗歌之间的关系，也可以看成诗人之间的对抗。彼特·德·柏拉（Peter de Bolla，1957- ）在《哈罗德·布鲁姆：通往历史修辞》中对布鲁姆的"影响"做了很好的分析。他认为："对布鲁姆来说，'影响'既是比喻种类，一种决定诗学传统的转义，也是一个心理、历史和意象关系的情结。正如我们所看到的，影响描述文本之间的关系，是一种互文现象。因此，当我们开始用修正比阅读影响时，我们发现内在心理防御——诗人的焦虑经历——和外在文本之间的历史关系本身就是误读或者说诗学误读的结果，而不是其原因"（de Bolla，28）。

至此，我们可以清楚地看出，布鲁姆的"影响"绝不仅仅指其字面上的意思，而是包含了丰富的内涵，这既是他的诗学影响理论的基础，也是它的全部。他在论述华兹华斯（William Wordsworth，1770-1850）时曾这样写道："对华兹华斯来说，'记忆'是一个综合比喻。因此在华兹华斯的体系中，所谓的记忆，或者被当成记忆，也是一个综合防御，防御时间、腐烂、神圣权力的丧失，最后防御死亡，即约翰·弥尔顿"（PR，53）。笔者就此将其做简单的误读："对布鲁姆来说，影响是一个综合比喻。因此，在布鲁姆的体系中，所谓的影响，或者被当成影响，也是一个综合防御，防御时间、腐烂、神圣权力的丧失，最后防御死亡，即莎士比亚。"

二、诗学影响与诗人成长

布鲁姆融合弗洛伊德（Sigmund Freud，1856-1939）的"原始场景"和尼采（Friderich Wilhelm Nietzsche，1844-1900）的"写作场景"，误读出"指导场景"，并指出："我们依赖指导场景，它也是教育和优先权场景。如果你简单地拒绝所有指导教师以达到不要指导教师，你就会迫使自己回到指导场景的最早阶段。最清楚的类比当然是俄狄浦斯；强烈拒绝你的父母，你会变成他们迟来的版本。但如果与他们的实际结合，你可能部分地使自己自由"（MM，38）。每位诗人必须经历这个指导场景，即他们必须面对前辈诗人在时间上的优先权，先以求知者的身份向他们学习，逐渐形成自己风格，增强自己与他们对抗的实力。但是，如果每个诗人拒绝面对、接受前辈诗人,他们自己也就找不到入门之路。布鲁姆认为,每位诗人在自己的文学创作生涯中都有一个初始点,或者说,有一个领他进门的人。问题的关键是年轻诗人必须强劲起来,懂得如何克服、超越这个初始点,而不是被动地对它避而远之。他断言:"当一个诗人是诗人或者保持诗人桂冠时,他必须排斥和否定其他诗人。但是,他刚开始必须容纳、确定自己的前辈诗人,因为除此之外,别无他法成为诗人"(MM, 121)。这是一种爱恨交加的情结,促使后辈诗人尽快从前辈诗人的影响中长大,脱离初始源头,形成自己风格。但是,在达到这一步之前,他首先得接受、内化前辈诗人,自己创作时似乎是用重复的语言。因此,"每首诗都是前辈诗人或诗歌的初始点的再创作、再收集"(PR, 79)。同时,"只有通过压抑创造性的'自由',通过影响的初始点,一个人才能再生为诗人。而且只有通过修正这个压抑,诗人才能成为并保持强劲"(PR, 27)。年轻诗人成熟后,就会马上忘掉这个初始点,好像他自己就是他的比喻、意象、意思的起源。

这个过程宛如昆虫到飞蝶的变化过程。昆虫最初从卵孵化而来,先是成为蠕虫,生长到一定程度后作茧自缚,并在茧中蜕变成蛹,然后破茧而出,变成飞蝶。那么,飞蝶的源头或初始点在哪里呢? 是卵、是虫,还是蛹? 从历史的角度看,那当然是卵。但是从当下状况考察,飞蝶的源头是蛹。也就是说,飞蝶已经忘却、抛弃原先作为昆虫的属性,以自己全新的面貌展现在人们面前。后辈诗人就是飞蝶;他虽然从昆虫般的前辈诗人那里得到继续,以其初始点开始,但是他却以自己的语言、比喻、意象创作出完全不同的作品。我们这里需要仔细考察从昆虫(前辈诗人)到飞蝶(后辈诗人)的进化过程。昆虫变成蛹就是一个压抑过程。首先,它保持自己的连续性,决心以另一种方式来再现、延长昆虫的生命。布鲁姆指出:"重复的中心是个人连续性。这个问题可以这样解决:定下决心,进行更新"(PR, 142)。后辈诗人就像昆虫一样,有决心进行更新、否定。其次,这个蛹就是所谓的压抑的体现,就像后辈诗人似乎在使用前辈诗人的语言、比喻、意象进行创作一样,通过一段时间的压抑,使得人们忘掉蛹的源头,然后将其进行更新,变成飞蝶——一种截然相反的动物,使自己"变成和保持强劲"。作为飞蝶(后辈诗人),它(他)怎么也不乐意跟昆虫(前辈诗人)扯上关系。也就是说,它(他)极端想要排斥、否认昆虫(前辈诗人)。但是如果没有昆虫(前辈诗人),也就没有飞蝶(后辈诗人)。因此,它(他)刚开始只能容纳接受昆虫(前辈诗人),否则就圆不了它(他)的飞天梦。等到自己能够飞行时,飞蝶(后辈诗人)足以与昆虫(前辈诗人)一刀两断。这时,两者之间的距离不断加大,变成没有联系似的。或者简单地说,昆虫(前辈诗人)在地上爬,而飞蝶(后辈诗人)在天上飞。外人怎么也看不出它们(他们)两者之间的关系。可见飞蝶(后辈诗人)的创造性何等巨大——它源于昆虫(前辈诗人)而不像、不是昆虫(前辈诗人)。

年轻诗人十分清楚地意识到,他所要的创新性已被前辈诗人占有,自己如果要拥有这种创新性,必须在心理上对前辈诗人形成防御,在语言上使用比喻,偏离前辈诗人的创新性。这种焦虑决定后辈诗人必须对抗前辈诗人,而不是在他的后面亦步亦趋,要从心理上进行防御的同时提高自己的竞争能力,在时空上把自己变成和前辈诗人并列平等,从而从心理上突破前辈诗人在时间上所拥有的优先权。布鲁姆提出:"实用的对抗式批评理论必须首先奉行这一类比原则——在诗歌中,比喻和防御可以互相替换,因为这两者在诗中毕竟都以意象出现。我所命名的'修正比'既是比喻,也是心理防御,可以两者都是,也可以只是其中之一,都体现在诗学意象。一个修辞批评家可以把防御看成隐藏的比喻,一个心理分析阐释者可以把比喻看成隐藏的防御,一个对抗式批评家将学会如何依赖类比代替,交替地运用两者,将其合二为一,融进诗学过程之中"(MM,89)。这样,诗学影响变成一场内战,即昆虫(前辈诗人)与飞蝶(后辈诗人)之间的兄弟似的战争。这就为飞蝶(后辈诗人)在时间上争取主动权,也为它/他在这场兄弟之争中增加了胜利的筹码。

布鲁姆通过语言、心理等层面的分析,将"影响"置于一个更为宽广的范畴中进行考量——影响就是一种阐释行为,即一首诗歌对另一首诗歌阐释的阐释。这种诗歌/文本之间的关系被布鲁姆称为"内文性"(intra-textuality),以替代"互文性"(intertextuality)。布鲁姆的"内在"是指内化的诗学历史,即所谓的传统,完全有别于"外在",即历史,或者外在的诗学语境。格拉汉姆·艾伦指出,"在某种形式上,互文性有助于将文本去作者化"(Allen,36),因为互文性将作品置于历史长河中进行考量。笔者在这里进一步指出:内文性有助于去文本化,因为诗歌的意思不是产生于某一具体文本,而是产生于文本之间的关系。这样就可以把影响简化为语义上的张力和字面意思与转义意思之间的互动。

至此,后辈诗人通过最初的指导场景,接受、吸收前辈诗人,逐渐发展到重复、代替和压抑,从心理、语言、意象等层面上使用种种比喻,使得后辈诗人的作品不断修正或否定前辈作品,消灭对其的依赖性,以取得自己的独立性,使人看不出后辈作品中有任何对前辈诗歌明显的表面回应或者典故痕迹,使得自己不仅完全独立,而且还能胜出,让人看不出他有任何受到影响的痕迹。我国南北朝"乐府双璧"之一《木兰辞》结尾时有这么一段话,"雄兔脚扑朔,雌兔眼迷离,双兔傍地走,安能辨我是雄雌。"前辈诗人或其作品就如雄兔,后辈诗人或其作品犹如雌兔,两者放在一起,如何辨别孰前孰后。例如,如果把毛泽东的《咏梅词》和陆游的《咏梅词》放在一起,单看作品内容,不看作者及时间,谁能看出时空上的先后呢? 这使笔者想到粟裕将军的一段话。有人称粟裕将军是一位"有影响的人士",他回答道:"这是党的光辉、毛泽东思想、战斗的业绩作用在我身上所产生的影响。"[①]正是这种已经被内化的影响产生了新的影响。这种历史传承的微妙关系,或者诸如昆虫/前辈诗人与飞蝶/后辈诗人的关系等道出布鲁姆的诗学影响理论的奥妙:虽受影响,却看不到任何痕迹;虽受影响,却能产生巨大影响。

第三节　误　读

布鲁姆诗学影响理论中的另一个关键术语是"误读"。这里的"误读"不是一般意义上的"错误理解的误读",而是读者有意偏离,是诗学影响。布鲁姆曾声明:"诗学影响,或者像我经常说的,诗学误读,当然要研究作为诗人的诗人的生命循环"(AI,p.7-8)。由于后辈诗人在创作过程中发现前辈诗人拥有优先权,产生极大的焦虑,决心偏离前辈诗人作品,通过各种比喻,在阅读过程中产生新的、不同于以往的意思,从而创造出不同于前辈诗人/作品的、具有原创性的作品。

一、"误读"的可能性

那么,误读的可能性是否存在? 首先,笔者先从批评家和作家入手,分析误读存在的可能性。艾布拉姆斯在《镜与灯》中以作品为中心,从作品与世界、作品与作者、作品与读者,以及作品本身之间的关系阐释文学批评的发展态势。其中之一的作品与读者之间关系的修辞说凸显读者在阐释作品意义过程中的能动性。威廉·库尔兹·维姆萨特(William Kurtz Wimsatt,1907-1975)和蒙罗·C·比尔德斯莱(Monroe C.

---

① 这是中央一套播出的《粟裕大将》纪录片中的一段话。

Beardsley，1915－1985)在"意图谬误"(The Intentional Fallacy)一文中强调,作者的意图不足以成为读者判断理解文本的依据。文章称:"诗歌既不属于批评家,也不属于作者(它从一诞生便游离于作者之外,超越作者对其的意图和控制,云游世界)。诗歌属于读者大众"(Ritcher，750)。他们俩在文章的最后指出:"批评争论不是通过咨询圣谕来解决的"(Ritcher，755)。换句话说,他们意指文学作品的理解应该以读者的积极参与为标准,而不是诉诸注释、传记或者典故等。艾泽·武尔刚(Iser Wolfgang，1926－2007)进一步地从文本中存在的缝隙或者裂缝的层面指出,读者应该也可以积极参与文本理解,因为没有一个文本可以明释任何东西。他概述不同时代的读者在阅读文本时所发挥的作用——18世纪的读者直接或者间接地通过肯定或者否定而被引导接受人类的本性和现实的理念;19世纪的读者则需要自己发现社会赋予他们的那部分角色,从而形成批判态度;20世纪读者需要自己运用各种技巧,建立感知和思想之间的联系(详见 Ritcher，957)。武尔刚认为,文本中出现的裂缝就是一种机会,一种给予读者运用想象力的机会,一种给予读者从不同角度完成缝隙填空的机会。他写道:"这些缝隙在参与和反思的过程中产生不同的效果……因为它们会被从不同角度填满。基于这个原因,一个文本可能有多种解读,而且没有一种理解可以穷尽所有的可能性,因为每个单一个体的读者只是从自己的角度把这些缝隙填满,从而排斥其他形形色色的可能性"(Ritcher，959)。每一种可能性就是一种理解,一种意思。因此说,一个文本的意思因人而异。这些缝隙正是作者留给读者的,邀请读者积极参与、发挥想象力,构建自己新的文本。缝隙说的最典型体现就是海明威的"冰山原则"——文本犹如漂浮在海面上的冰山,其直接表达出来的意思就像将八分之一冰山露出水面,另外八分之七却藏在海里,或者说藏在文本的字里行间,需要读者自己理解。也就是说,作品中显现出来的字面意思只有那么一点点,绝大部分需要读者来续写,把隐藏在文本中的鲜明形象、丰富情感和深邃思想挖掘出来。这些理论和创作实践表明,文本具有多义性。这就从理论上证明了误读文本的可能性——读者完全有可能误读出一篇全新意义的文本。

文本误读可能性的另一关键因素是人们对语言的发展和认识发生变化。冯寿农教授在"语言学的转向和文学研究的变革"中就人们对语言的认知过程作了梳理。他的结论是:在17～18世纪,人们将语言当成认识世界的表现工具,它能再现客观世界,具有忠实可靠性,受到人们绝对主宰;19世纪的浪漫主义发现语言再现人类情感时往往词不达意,使人们对语言的再现能力产生怀疑;20世纪海德格尔的存在主义指出,在虚无的世界中,语言具有先在性地存在那里,使得人类无法摆脱语言系统,成为语言的奴隶(详见冯寿农,第3—4页)。后结构主义者进一步指出,由于能指和所指之间具有不确定性,所指总是"缺席"或"不在场",使得意思在散播的过程中出现延异、代替,这就使得意义无法确定。换句话说,一个词在指向的过程中不可能只有一个稳定的意思,可能言此及彼。同理,一个文本在指向的过程中也不可能只有一个稳定的意思,也可能言此及彼。德·曼在《语义和修辞》一文中指出,语言修辞使逻辑极端地带有悬念,从而为意义指向的偏离创造可能性。例如,一个小女孩子逛商店时对她妈妈说"这个洋娃娃很漂亮"。这一语法模式会产生两种截然不同的意思:一种是字面意思,即这个洋娃娃确实漂亮;另一种是转义意思,即这个洋娃娃很漂亮,给我买一个。在逛商店的语境下,字面意思往往让位于转义意思。这进一步证明,在语言庞大的体系中,它"不再是'被动'地受人支配,不再是一种'表征'工具,不再是忠实地充当人与世界的中介,不再是一面透明的'镜子'"(冯寿农,第4页),而是一种意义无法确定、具有多种意义的媒质。因此,文本中存在许多"盲点"(德·曼的术语),这些"盲点"经过读者的阅读和思考,就会变成"洞见"(德·曼的术语)。

正是文本中的缝隙和"水面下的八分之七"使得文本含有丰富的隐性意思。这些隐意一旦与读者相遇,就会发生"化学反应",产生新的意思。由于每位读者所处的时代不同,文化背景不一样,阶层、知识结构、社会阅历各不相同,他们对这些缝隙和"水面下的八分之七"的理解绝对不可能一样。这就形成百花齐放的局面——不同的读者对同一文本会有不同的理解。例如,《李尔王》是莎士比亚的著名四大悲剧之一,具有极强的感染力。形式主义者会以剧中的一些假设和陌生化为切入点,突出情感与义务之间的冲突;新批评主义者可以从剧本中的反讽和悖论开始,理解李尔的愚蠢以及最终遭受驱逐与疯狂的结果;结构主义者可以分析剧中的双重情节——李尔的掌权到失去权力和死去,与艾德佳的无权到恢复自我和得到权力,从而得出"这是一部关于王位交接的戏剧,掌权的必将死亡,无权的终将有权"的结论;精神分析学派可以类比李尔与女儿的关系和男孩与母亲的关系,进一步拷问母亲的缺席使得李尔丧失爱恋对象,从而导致发疯;女权主义者可以分析剧中的父权制度,把李尔当成一个滥用专权的家长,甚至在自己死亡之前也要让女儿考狄莉娅垫底,更加突出悲剧色彩;历史主义者可以比较剧中人物李尔与当时英格兰国王詹姆斯一世,得出结论:"即使国王粗暴、滥用权力,甚至发疯,人们也必须无条件遵从(详见 2007 年诺贝尔文学奖得主多丽丝·莱辛的《文学作品的多重解读》）。这些解读各抒己见，不能简单地以对/错来判断，而是只能以谁更有说服力来衡量，因为阅读理解本身就没有对与错。诚如布鲁姆所说："只有强势误读和弱势误读，就像只有强劲诗歌和差劲诗歌一样，但是根本就没有理解正确的阅读，因为阅读一个文本必须阅读整个文本体系，而且意思总是游离于文本之间"（KC，127-128）。如果女权主义者阅读《李尔王》，他读的不是单单这么一本作品，而是要加上他的整个女权主义知识体系，让阅读在这些大的知识体系之中产生新的意义。总而言之，每个个体的知识体系各不相同，当它们与文本相遇之时，便会碰撞出火花，这些火花只有明亮与暗淡之分，没有正确与错误之说。

20 世纪 80 年代开始，美国掀起了浩浩荡荡的重读经典和重写文学史的浪潮，超越原先的文本内部因素，跨越学科界限，把文学批评与历史、哲学、政治、心理、宗教和社会等学科相互交叉，从文化研究、新历史主义、后殖民主义、心理分析、女权主义等视角出发，重新分析经典作品，生动地演绎"误读"的可能性。我国批评界紧跟潮流，积极互动。其中贡献最为显著的学术阵地是《当代外国文学》。作为我国外国文学研究最主要学术期刊之一，该刊顺时而动，于 1985 年进行改革，改变以前以刊登译文为主、论文为辅的风格，逐渐压缩译文数量，增加论文篇数，为中国学者多视角地阐释外国文学作品提供交流平台。例如，从 2005 年至 2009 年，该刊共刊发 10 篇关于多丽丝·莱辛（Doris Lessing，1919- ）的论文①。这些文章从不同方面、不同切入点分析莱辛作品的艺术风格和主题思想，让读者比较全面地了解和把握莱辛的创作轨迹。

二、阅读

布鲁姆认为："阅读是一种迟来行为，这种行为也是防御性的，而作为

---

① 这 10 篇论文分别是王丽丽的"从《简·萨默斯的日记》看多丽丝·莱辛的生命哲学观"（2005 年第 3 期），王丽丽、伊迎的"后现代碎片中的'话语'重构——《金色笔记》的再思考"（2006 年第 4 期），蒋花、史志康的"整合与对话——论《金色笔记》中的戏仿"（2007 年第 2 期），程心的"多丽丝·莱辛荣获 2007 年诺贝尔文学奖"（2007 年第 4 期），王丽丽的"寓言和符号：莱辛对人类后现代状况的诠释"（2008 年第 1 期），朱振武、张秀丽的"多丽丝·莱辛：否定中前行"（2008 年第 2 期），舒伟的"从《西方科幻小说史》看多丽丝·莱辛的科幻小说创作"（2008 年第 3 期），卢婧的"20 世纪 80 年代以来国内多丽丝·莱辛研究述评"（2008 年第 4 期），赵晶辉的"殖民话语的隐性书写——多丽丝·莱辛作品中的'空间'释读"（2009 年第 3 期），李正栓、孙燕的"对莱辛《野草在歌唱》的原型阅读"（2009 年第 4 期）。

防御性,它把阐释变成必要的误读"(KC,97)。所谓的"迟来"指在诗学影响过程中,前辈诗人在时间上占有优先权,使得后辈诗人在时间上处于劣势——一种迟来的状态——从而产生焦虑。读者的阅读行为和诗人的创作行为一样,相对于前辈作品,都是一种迟来。他进一步阐述:"读者与诗歌的关系就像诗人和他的前辈诗人一样——因此,每位读者都是后人,每首诗歌都是前辈,每个追寻'影响'的痕迹的行为,即被诗歌影响的行为和影响其他读者:你和这位读者交流分享你的阅读"(KC,97)。既然是迟来行为,读者必须像后辈诗人一样在心理上构筑"防御工事",从而达到克服这种焦虑的目的。"诗学'文本',就像我阐释的,不是符号的累积,而是心理战场。在这个战场上,权威力量努力为值得争取的胜利而竞争,一种免遭漠视的神圣胜利"(PR,2)。读者在阅读过程中,也必须像后辈诗人一样,和作者作斗争,努力取得理解的新突破。一般意义上的读者在阅读时只是满足于理解作者所要表达的意思和意图,他也就遭到作者的漠视,因为作者也不喜欢人云亦云的读者。布鲁姆的读者,用其特有的术语说,必须是"强劲读者",在阅读过程中有和作者一决高低的决心和勇气,用自己的知识体系和文本相撞,产生出的火花就是一种"免遭漠视的神圣胜利"。"不管我们读得多开心,也不管爱到什么程度,阅读就是防御战,因为在这种爱和高兴中存在着一种剧烈的爱恨交织情结"(KC,104)。既然阅读是防御战,它首先要防御作者的优先权,接着防御作者在文本中所要表达的意思。从另一方面来看,战争意味着屠杀。读者在防御作者的优先权和意图的同时,必须想办法屠杀它们,屠杀其他读者已有的理解。这种爱恨交加的情结一直陪伴着读者阅读的整个过程,直到最后战胜它们。

阅读是一种阐释过程,而布鲁姆将其进一步加以发展,指出:"所有阐释建立在意思之间的对抗关系上,而不是建立在所谓的文体和其意思的关系上,如果根本没有'阅读'的'意思'介入你和文体之间,你可以试着(尽管不太情愿)让文本自己阅读自己。你被逼将其当成它自我的阐释,但是在实际中,这使得你揭示出文本的意思和其他文本的意思之间的关系。由于诗人的语言表明他的立场,表明他和诗学语言的关系,因此你就可以衡量他与前辈诗人的立场"(MM,76)。在布鲁姆眼中,文本的意思不是产生于其自身,而是产生于文本之间。也就是说,阅读一首诗不是对其进行阐释,而是"对这首诗歌对其他诗歌的阐释的阐释"(MM,75)。同时,布鲁姆指出阐释的必要性——"没有人是自己的诗歌的'父亲'或'母亲',因为诗歌不是创造出来的,而是通过阐释得以存在,而且它们必须从其他诗歌得到阐释"（Agon，244）。当然，阐释也是一种比喻。布鲁姆在《误读之图》中提出六种比喻：反讽、提喻、转喻、夸张、暗喻和代喻，这六种比喻就是六种不同的阐释方式，依靠文本之间的关系，对文本进行种种符合读者当下心境的阐释。问题的关键是这些比喻本身也是互相防御，这就使得作为比喻整体的影响其实也是阐释。所以说阐释必须是误读，就像彼特·德柏拉所说："在这一体系中，所有阐释必须是误读，因为我们揭示诗人的立场与前辈作品的关系。而这些前辈作品本身就是前辈诗人误读他和更早的前辈诗人关系的结果。我们发现有关阐释的描述在其自身的术语体系中完全一致：布鲁姆的误读之图的功能在于详细描述自己作品与诗学文本阐释之间的关系"（de Bolla，37－38）。

阅读的对象是文本，但是文本却不是意思的载体，因为意思只是存在于文本之间的关系，而不是某一单一文本。这就使得我们不得不思考文本在阅读中的作用。布鲁姆对于文本的比喻非常巧妙："一首新诗宛如一个小孩置身于一个小房间，里面有许多其他孩子，玩具数目却有限，但是根本就没有成人监管"（KC，121）。这个比喻形象地再现布鲁姆对文本的理解：小房间就是文本历史长河或者文学传统，一个小孩和许多其他孩子暗喻组成文学传统的基本要素，即一首新诗或者文本；玩具的功能在于陪小孩玩，让小孩高兴，即玩具暗指批评家——他们的主要功能是阐释文本、点评文本；最重要的是房间没有隐喻作者的成人在监视，即小孩（文本）根本无需成人（作者）在那里指三道四，说这个小孩（文本）只能做（指）这件事，不能做（指）那件事。细心的读者会发现，在这个比喻里面占有支配地位的是小孩，即文本——不只有一个孩子（文本），而是有许多孩子（文本），他们抛弃玩具（批评家）和成人（作者），在相互玩耍（相互指向）中产生乐趣（意思）。这就是笔者对布鲁姆关于文本的强劲阅读。

笔者这里不妨借用结构主义关于能指和所指的理解来进一步阐释布鲁姆关于意思产生于文本之间关系的观点：一个文本就像一个能指符号，本身带有一些信息，但是单纯依靠这些信息无法完整地再现意思；只有当这个能指（后辈文本）指向所指（前辈文本），即这个文本和前辈文本形成张力，能指/后辈文本这个符号所承载的信息才会突然之间显现出来，得到解码，也就是说，它才会将自身所蕴含的意思再现出来。正如布鲁姆所断言"文本本身没有意思，除非与其他文本形成关系。因此，文学意思具有某种辨证的东西，尽管有点不自在，文本只有部分意思；它本身就是一个对更大体系的提喻，包括其他文本。一个文本只是一个互为关系的事件，而不是可以供人分析的实质"（KC，106）。也就是说，单个文本，就像单一能指一样,由于所指的不在场,无法传递任何信息。因此,"一首诗歌是对先前诗歌的深度误读。我们发现,在先前诗歌的表面,后辈诗歌虽然变成不在场,而不是在场,但是却仍然存在于前辈诗歌里,隐藏在那里,虽然没有显现出来,却实实在在在那里"(KC,66-67)。

既然后辈诗歌实实在在地隐藏在前辈诗歌中,作为第三方的读者如何阅读、如何解码能指(后辈作品)和所指(前辈作品)这个互为关系的事件。读者之所以是第三方是因为意思存在于后辈文本和前辈作品之间,但是需要读者的介入方能将其挖掘出来。这就是说,在布鲁姆的诠释系统中存在三个方面的合力:后辈文本、前辈文本和读者,而德曼的解构主义诠释系统只有文本和读者。由此可见,他们两人的根本分歧在于是否存在前辈文本。德曼的观点是意思就在文本之中,读者可以通过各种比喻、修辞手段解构文本。而布鲁姆却认为,意思在文本之间产生,读者一定要将文本置于更为宽广的历史长河中,与其他文本形成关系,或者用布鲁姆的话说,从"传记"或者"文学传记"的角度来考量文本。他声明:"尽管从一开始我就承认诗歌具有辩证关系,在诗歌方面我仍然坚持相对的经验主义立场,虽然在我的经验主义里面有些特别的认知转向。爱默生否认有任何历史的存在;他说,只有传记。我采纳这一观点,补充说,没有文学历史,但是尽管有传记,也只有传记,真正的文学传记是一个更大层面的一个诗人对另一个诗人的防御性误读的历史"(KC,106)。

我们看到布鲁姆与德曼的分歧的同时,也看到两人的共同点,那就是在意思产生的过程中读者应有的位置和作用。读者和后辈诗人一样,处于迟来的不利位置,面对文本这个前辈,他必须接受挑战。"读者与诗歌的关系就像诗人和他的前辈诗人一样——因此,每位读者都是后人,每首诗歌都是前辈,每个追寻'影响'的痕迹的行为,即被诗歌影响的行为和影响其他读者:你和这位读者交流分享你的阅读"(KC,97)。阅读既然是迟来,是防御,是阐释,读者就必须阐释出新的意思。布鲁姆在此基础上提出读者必须采用误读手段,使阐释朝有利于读者的方向发展,产生偏离,形成新的阐释。他声称:

> "尽管穷尽人类的教育传统,阅读几乎是不可能,因为每个读者与诗歌的关系受制于迟来的转义。比喻和防御是想象力的'自然'语言,与想象力先前的所有表征形成关系。诗人试图使他的语言变成薪新,就必须先从阅读的随意行为开始,这和他的读者接下来要读他的作品所要采取的行为种类是一样的。为了变成强劲诗人,诗人—读者以比喻或者防御开始,而比喻或者防御就是误读,或者我们可以称之为作为误读的比喻。诗人阐释他的前辈诗人,任何一位后来的强劲阐释者阅读这两首诗的其中之一,必须通过阅读篡改。

尽管这种篡改可能相当荒谬，甚至是恶意的，但是没必要这样，通常也不会这样。但是它必须窜改，因为每个强劲阅读坚持它所发现的意思是独一无二的，也是准确无误的。"(MM，69)

这里必须指出，布鲁姆的"误读""篡改"绝非贬义词，不能按照一般的常识来理解。在传统意义上，"误读"是错误的理解，而布鲁姆的误读是一种创造性的理解。但是由于传统意义根深蒂固，人们无法正确理解布鲁姆的观点。罗伯特·斯格勒斯曾说，如果没有理解，也就谈不上误解，如果不能正确理解，也就不能有意误解（详见 Allen，42）。这种正解/误解的二元对立无缘于布鲁姆的理论。"最强劲诗人遭极端误读，因此，人们普遍接受的、广为流传的阐释其实总是和诗歌的真正意思相反"（KC，103）。在布鲁姆看来，"人们普遍接受的、广为流传的阐释"才是真正的差劲阅读，而"诗歌的真正意思"才是他所要的"误读"，不能简单地以二元对立的方法，即对/错、正读/误读来理解阅读，因为阅读本身没有错与对之分，"只有强势误读和弱势误读，就像只有强劲诗歌和差劲诗歌一样。但是，根本就没有理解正确的阅读"（KC，107）。因此，布鲁姆的误读指的是"独一无二的，也是准确无误的"理解，用我们的话说，就是独到的见解，或者用德曼的话说，是"洞见"。

三、"误读"的必要性

在布鲁姆的理论体系中，误读必不可少，就像"华山自古一条路"一样，别无他法。"强劲诗人必须被误读……每个强劲诗人滑稽再现传统，因此他们一定会遭到他们所帮忙构建起来的传统的误读"（KC，103）。每位诗人都是传统的一分子，不管是前辈的，还是后辈的。后辈诗人通过误读再现前辈诗人的作品，发现新的意义，创作出新的作品。作为强劲阅读的产物，前辈诗人的作品进入传统之列的同时，也会受到后辈诗人的误读，如此循环，构成"文学传记"，或者文学传统。这一循环之所以能够进行是因为影响的焦虑无刻不在，焦虑促成误读，产生新的影响，"我们应该记住，影响是诗歌之间的关系，后辈诗人创作新作品的过程就是误读"（de Bolla，36）。

读者/后辈诗人为何致力于误读呢？布鲁姆一语中的。他说："通过误读，我所说的影响，不是善意的传递，而是有意的、荒谬的误读，其目的就是清除前辈，为自我腾出空间"（Agon，64）。这个目的至少体现为三点：首先，前辈诗人的先在性使得后辈诗人失去时间的优先权，让他倍感焦虑。其次，后辈诗人的焦虑体现他想超越昆虫、变成飞蝶的宏大理想，而梦想的理想化常会碰到现实的残酷性，因为前辈的存在是这个理想实现的最大障碍。第三，基于前述两点，后辈诗人与前辈诗人的较量不是一般的可有可无的游戏，也不是"善意的传递"，而是一场殊死的搏斗，是"有意的、荒谬的误读"，或者强劲阅读，力量必须大到足够抑制先辈诗人的先在性，为自己的诞生创造条件。

布鲁姆的误读过程相当复杂，充满比喻、心理防御和修辞。他指出："就我所知，雨果首次提出一个大部分批评家拒绝认同的重要观点——每位诗人都是迟来，每首诗都是弗洛伊德所说的……'追溯效力'的意思……他的艺术必须是一种后在性，他最多只能通过压抑从诗学语言的痕迹中尽力获得选择；也就是说，他记住一些痕迹的同时压抑其他痕迹，这种记住就是误读，或者创造性误读。但是，不管误读多么强劲，它无法独立于所有文学语言获得意见的自主权，或者完全在场的意思"（PR，4）。为什么后辈诗人要"记住一些痕迹的同时压抑其他痕迹"呢？是哪些痕迹进入他的记忆，哪些痕迹遭到压抑？这让我们想到福柯的知识考古学。这种理论的观点是：西方霸权话语以其自身为中心，构建起欧洲—盎格鲁的单一历史，排斥其他族裔人种，将他们变成他者，从而静音。人类知识的积累过程中存在许许多多的裂缝，使得知识或者话语带有很大的不确定性，由于主体的介入，这些"裂缝"很快得到解决——在主体的权力的作用下，这些"裂缝"或"中断"依据一定的规则和标准得以连接，使得整个知识体系可以延续（详见张龙海，第156—158页）。布鲁姆的"记忆"宛如福柯的"裂痕"，成为后辈诗人如何阐释的关键。在"他记住一些痕迹的同时压抑其他痕迹"时，他有选择地挑选记忆，通过自己的权力意志的介入，使得一些记忆彰显出来，而其他的却进入隐藏状态。后辈诗人为了达到误读的目的，必须压抑那些已被人们理解过、阐释过的意思，或者记忆，不再让其显现出来。用福柯的话说，把它们变成他者，进行静音。这就是后辈诗人的权力意志的具体体现——及时使用权力意志，压抑那些不能产生新意思的痕迹。同时，后辈诗人通过误读，获取一些记忆，一些能够产生新意思的记忆，让其显现出来，成为主流，使得自己的阅读有了新的突破、新的收获。布鲁姆又指出："活跃地阅读既可制造虚构，也可接收虚构。我们所谓批评的那种活跃阅读，不管是试图决定意思，还是尝试意思是否可以被决定，总是有很大虚构的成分在里面。每个与文本有关的立场，不管是谦逊的，或是字面的，或是散文的，或是'科学的'，或是'历史的'，或是'语言的'，总是诗学立场,总是修辞的修辞一部分。而我很惊讶,相当多的文学研究者拒绝看到这一点。'阅读'是一个启发式的过程,一个进入创新的拓荒之举"(Agon,238)。正是这种活跃的、启发式的阅读,使得后辈诗人试图决定意思。意思可以被决定,也就意味着可以被否定,这明白无误地告诉我们,阅读是决定意思、记住记忆的过程,同时也是否定意思、压抑记忆的过程。正是这些决定意思、记住记忆和否定意思、压抑记忆引领后辈诗人"进入创新的拓荒之举"。

四、意思的产生

但是,意思如何被决定与否定,记忆又如何被记住与压抑? 答案就是使用比喻。在布鲁姆看来,平白直叙的字面意思如果失去具有想象力的比喻的参与,就意味着死亡。"死亡就是最恰当的字面意思,或者说,字面意思具有死亡的特征"(KC,10)。单纯的字面意思直指所指,没有多少想象的空间留给读者。所以,布鲁姆强调了必须使用比喻:"任何批评家在阅读某一具体诗篇时必须使用比喻或者指向比喻的概念。甚至连我们最老练的、严格的理论批评家也是在修辞的修辞之上工作,认为自己只是在区分各个比喻之间的区别。每当符号向意图方向运动,每当通过检验帮助批评话语的连续性,意义向意思方向转变,比喻总是被比喻"(DC,10-11)。布鲁姆之所以强调比喻的重要性主要基于两点。首先,比喻先于文字而存在。我们用语言命名东西时,必须通过比喻,而且那个比喻一定要帮助我们防御先前的比喻。每当我们要说或者意指新东西,我们必须使用语言,而且是转义地使用(详见MM,69)。在这里,比喻的先在性打破传统意义上的语言支配地位,凸显比喻在意思形成过程中的决定性作用。其次,比喻可以使得人们的表述变得更加生动,效果更加显著。"人们运用比喻使得叙述变成五颜六色,避免索然无味。同样,人们使用幻想或者防御机制抵御与内部危险有关的不愉快的事实。这样,他看到弗洛伊德所谓的关于本我的欠缺的、歪曲的图像,如果我们被迫地认为比喻,和防御一样,是代替更为真实成熟理念的,是一种必须的孩子行为和歪曲,那么,比喻和防御就几乎不会令人欣慰"(Agon,119)。这就是说,比喻不同于孩子随心所欲的言论,或者人们的胡思乱想,而是一种可以给语言带来润色、给生活带来乐趣的话语方式。

那么,为什么比喻可以产生新的意思? 为什么它在误读过程中占有这么重要的位置？《现代汉语词典》给"比喻"下的定义是："修辞方式，用某些有类似点的事物来比方想要说的某一事物，以便表达得更加生动鲜明"（《现代汉语词典》，第5版第71页）。布鲁姆关于"比喻"的阐释令我们明白"比喻"和"误读"之间的关系："比喻是一种故意犯错，从字面意思偏离。在字面意思里，一个字或者短语用得不恰当，脱离它的恰当的位置，因此，就是一个错误"（MM，93）。由于两者存在相似性，我们用某个词或者某个事物来代替另一个词或者另一个事物，从而明白地表达意思。但是某个词或者某个事物的相似点必定无法等于另一个词或者另一个事物，也就是说，比喻源和比喻对象两者虽然存在一定的相似性，但是必然存在一些异质。我们明明知道这一点而将它们俩放在一起来表达，就是故意犯错或"就是一个错误"。这个"错误"的基础是我们在用 B 比喻或者代替 A 时，B 逐渐偏离 A，甚至篡改 A，使得 B 变成一种新的阐释，从而产生新的意思。我们来看一段《罗密欧和朱丽叶》中的对白：

> 罗密欧：小姐，我指着头上圣洁的月亮发誓，它把银色的月光洒向这些树梢。
>
> 朱丽叶：啊，不要指着月亮发誓。它阴晴圆缺，变化无常，除非你的爱也是这样反复无常。

（第二幕，第二场，113－117行）

这一对年轻恋人沉浸在幸福甜蜜的爱情之中。罗密欧急于表白心中无限的爱，便要指着月亮发誓。他这么做有两层意思：首先，月亮可以作为他的证人，证明他对朱丽叶的爱是真诚的、忠贞的；其次，月亮代表他的心，他会像月亮"把银色的月光洒向这些树梢"一样地把阳光雨露洒向朱丽叶。对罗密欧来说，"月亮代表他的心"这一比喻可谓是再恰当不过，形象地描述他的爱慕之心。他把月亮的永恒和他对朱丽叶的永恒之爱联系在一起，以此为基点，用月亮比喻他的爱情，赋予月亮新的含义。但是，朱丽叶却指出这个比喻中的偏离或者错误：他的爱不能像月亮一样，因为它有盈有亏，有圆有缺，虽为永恒，但却反复无常。如果说罗密欧通月亮来表达他的爱情，朱丽叶也是巧妙地应用这个比喻，进一步表达她对爱情的要求——她所要的爱情必须是天天幸福美满，永远盈满，而不是时有亏缺、偶有吵闹，必须是忠贞不渝、白头偕老，而不是变化莫测、朝三暮四。根据布鲁姆的诗学影响理论，诗歌是话语模式而不是语言模式，因此比喻的偏离不仅防御字面意思而且防御诗歌语言的应用。罗密欧的"月亮"比喻就是偏离字面意思，而朱丽叶的"月亮"是对前者的进一步防御,使得她关于"月亮"的比喻产生新的意思。

在中国,红色经典歌曲《东方红》就是很好的"误读"例子。《东方红》是在陕北民歌的基础上不断利用比喻逐渐形成的,其曲调源自大众传唱的《芝麻油》,最初的唱词是:"芝麻油,白菜心,要吃豆角抽筋筋,三天不见想死人,呼儿嗨哟,哎呀我的三哥哥。"这是纯粹的情歌,描写陕北年轻人的清纯爱情。抗日战争时期,有志之士纷纷涌向延安参加革命。诗人安波利于1938年受到《芝麻油》启发,重新填词,加入具有鲜明时代特色的革命主旋律,将革命歌曲和情歌有机地融合在一起,把《芝麻油》"误读"成《骑白马》:"骑白马,跨洋枪,三哥哥吃的是八路军的粮,有心回家看姑娘,呼儿嗨哟,打日本就顾不上。"1944年,陕北农民李有源一边劳动一边唱着《骑白马》。由于陕北人民在革命岁月中不断得到熏陶,无比崇敬热爱毛主席和共产党,李有源利用《骑白马》的曲调突然唱出:"东方红,太阳升,中国出了个毛泽东,他为人民谋幸福,呼儿嗨哟,他是人民的大救星……"[1]。就这样,一首脍炙人口的红色经典歌曲在"误读"的过程中诞生了。它通过比喻,从最初的情歌演变到革命浪漫主义歌曲,再演变到革命颂歌,借用"太阳"抒发人民对毛主席和共产党的爱戴之情。

布鲁姆紧紧抓住比喻的代替特性,阐述意思产生的过程:"重要的不是六个修正比的确切顺序,而是代替原则。再现和限制在这个代替原则中暗里互为照应,任何一位诗人的力量在于他在代替方面的技巧和创新"(MM, 105)。通过代替原则,误读之图阐明意思的产生过程:即通过比喻和意象之间的代替互动,通过后辈诗人所使用的语言用于防御和回应前辈诗人的语言(详见 MM, 87)。布鲁姆的六种修正比就是六种比喻,也就是六种不同的阐释方式,使得后辈诗人得以"偏离文字的共同习惯用法"(de Bolla, 111),使用不同的表述来防御或者阐释前辈诗人的表述,"用己之矛攻人之盾",让意思在比喻的过程中逐渐形成并清晰。布鲁姆进而指出:"误读就是意图、意思经过比喻变成语言的纯意义的过程,或者反过来,语言的意义可以变成或通过比喻上升为超越时间的从意志到权力的意义世界"(WS, 394-395)。

---

[1] 关于《东方红》词作者有诸多版本。1949年至1950年只写"陕北民歌"。1951年新文艺出版社出版的《陕北民歌选》中收录《东方红》的前身《移民歌》作者为李增正。1952年至1953年出版的《中国革命民歌选》中所收录的《东方红》作者还是李增正。1953年,李有源正式代替李增正成为《东方红》的词作者。目前一些主要媒体和出版社,包括中央电视台,都采用这一版本,即李有源将《骑白马》改成《东方红》。请详见卫凌的《东方红》的曲调来源",《河东学刊》2004年第1期,以及"《东方红》词作者另有其人",http://www.360doc.com/content/10/0214/10/496429_15808629.shtml。

　　笔者这里通过分析一段关于婆媳不和的小品来结束关于误读的讨论。引文中甲的身份是母亲/婆婆,乙的身份是儿子/丈夫;丙的身份是媳妇/妻子:

甲(母亲问儿子):我对你的爱呢?

乙:像海一样深。

丙(媳妇问丈夫):那我对你的爱呢?

乙:像火一样热。可是,你们俩为什么一定要水火不容呢?让我生活在水深火热之中。

(蔡明、杨新鸣、高玉倩,《周末的烦恼》)

　　这个片断把布鲁姆关于比喻的论述发挥得淋漓尽致。母亲对儿子的爱和媳妇对丈夫的情本来与"海"和"火"没有任何联系,它们各自孤立地存在着。但是第一层比喻先对母亲对儿子的爱和妻子对丈夫的情进行压制,抛开母亲和媳妇的话语,进行偏离,"有意犯错",把母爱说成"像海一样深",把妻情说成"像火一样热"。这组比喻传递两个意思:首先,儿子/丈夫感谢母亲和媳妇对他的爱和情。其次,它巧妙地回避母亲和媳妇的问话中的深层含义——母亲这么爱儿子,所以儿子在婆媳不和时要支持母亲;妻子这么爱丈夫,所以当婆媳不和时丈夫要力挺媳妇。这样,母亲和媳妇的话语被儿子/丈夫的一组比喻化解得天衣无缝——它不仅用得恰当得体,而且在"有意犯错"的同时巧妙地表达意思。同时,儿子/丈夫紧紧抓住这个"诉苦"的机会,进一步"有意犯错",巧妙地利用这对比喻进一步发挥,把这个比喻再次偏离,将其推至第二层面——"你们为什么一定要水火不容?"这里的"水火"经过第一层比喻的"海"和"火"转喻而来,用"水火"两者的特性——相互克制、永不兼容——来批评婆媳的紧张关系。第一层比喻完全肯定母爱和妻情,而第二层比喻将其进行修正,既是对事实的再现,也是对她们俩的批评。接着,儿子/丈夫再次运用这个比喻,让它朝自己的意图方向发展,阐明自己的感受——"生活在水深火热之中",这一层面上的比喻"水深火热"已经完全偏离第二层面的"水火"和第一层面的"像海一样深"和"像火一样热",与比喻源——母爱和妻情——相比,更是相差十万八千里,如果没有前面的铺垫,根本无法理解。如果说第一层面的比喻使用"海"、"火"肯定的一面,第二层面倾向中性,那么第三层面就启动它们的负面,使得儿子/丈夫被夹在母亲和妻子之间的尴尬局面跃然纸上。就这样,儿子/丈夫巧妙地误读母爱和妻情,将其为己所用,通过层层比喻,把一个原本看似简单的话题进行层层演绎,天衣无缝地道出自己的感受——风箱中的老鼠,两边受气。

第二章

哈罗德·布鲁姆
论莎士比亚

　　身为美国耶鲁大学资深教授,哈罗德·布鲁姆虽然年事已高,却坚持给学生上课,其中一门是《莎士比亚》,面向本科生和研究生,另一门是研究生课程——《莎士比亚悲剧》。在课堂上,学生经常问的两个问题是,"在古往今来的所有作家中,您最喜欢哪一位?"和"您为什么对莎士比亚情有独钟?"布鲁姆的回答很有意思。回答第一个问题时,他说:"如果我只能跟一位古往今来的作家交谈对话,那肯定是莎士比亚。"至于第二个问题,他的答复是:10 岁左右开始看莎剧,经常看得爱不释手,对其一往情深,特别是近 12 年来,每天必读,读着读着,脑子里突然冒出一个想法,既然自己的智慧远不及莎翁,为什么不尝试诠释莎翁那深不可测的智慧?!① 经过一番努力,他对莎翁的研究硕果累累,被《纽约时报书评》称为继约翰逊之后莎学研究另一个里程碑式的批评家。本章拟分析布鲁姆在莎学研究中的几个主要

---

① 　布鲁姆这两门课很受学生欢迎,每门课规定 30 人,但是教室总是挤得满满的,有的只能坐在地上。本文中有关布鲁姆和学生的对话是根据笔者的笔记和回忆整理而成的。至于笔者与布鲁姆的访谈录,详见:张龙海,《哈罗德·布鲁姆教授访谈录》,《外国文学》,2004 年第 4 期,第 103—106 页。

观点,如莎士比亚如何拒绝马洛(Christopher Marlowe,1564－1593)的影响、如何塑造富有个性的人物、如何受到剧中人物的影响,等等。

第一节　马洛的影响与莎翁的焦虑

　　布鲁姆的文学成就之一是创建诗学影响理论①和重读经典,当然包括重读莎士比亚。在重读莎剧的过程中,他用其理论剖析莎翁的创作成长之路:莎翁开始时如何接受马洛的影响,后来又如何加以拒绝。布鲁姆认为,莎翁对马洛的超越是古往今来"影响"焦虑所取得的最伟大的胜利。马洛虽然仅比莎翁年长两个月,但是他在 1587 年便是伦敦最主要的剧作家,而且这个地位直到他在 1593 年被谋杀时都没有动摇过。马洛受过高等教育,肯定对当时社会地位不高的演艺业嗤之以鼻。相比之下,莎翁1587 年才从埃文河畔的斯特拉特福德(Stratford-upon-Avon)来到伦敦,开始可能当印刷工学徒,接着是提词员助手、演员,最后才开始剧本创作。因此,莎翁比马洛多了当演员的经历,这无疑对他后来的创作有很大的帮助和影响。

一、影响之路

　　布鲁姆推断,莎翁和马洛两人肯定互相认识,因为从 1589 年至 1593年,他们俩同为伦敦剧院写作。在这几年的创作生涯中,莎翁的历史剧相对于喜剧来说显得平淡,在很大程度上受到马洛的影响。他的三部剧作《亨利六世》(*Henry VI*)、《理查德三世》(*Richard III*)和《泰特斯·安庄尼克斯》(*Titus Andronicus*)完全受制于马洛,剧中人物理查德三世和摩尔人艾伦完全是马洛的风格。直到 1595 年,即马洛去世两年之后,莎翁的《理查德二世》(*Richard II*)才可以说是超过马洛的《爱德华二世》(*Edward II*),尽管从某种程度上来说,《理查德二世》介于马洛的《爱德华二世》和莎翁的《哈姆雷特》(*Hamlet*)之间。

　　成熟的莎士比亚远远超越马洛,就像鲸鱼吞掉小鱼米一样。究其原因,马洛没有发展,也不会发展,而莎士比亚却不断尝试,不断进步,从《圣

---

①　关于布鲁姆的诗学影响理论,即对抗式批评,详见第一章。

经》和乔叟(Geoffrey Chaucer，1343－1400)那里学到如何再现人类。所以，莎剧中的人物，如朱丽叶(Juliet)、墨枯修(Mercutio)、博坦(Bottom)、夏洛克(Shylock)和福斯塔夫(Falstaff)等反倒使马洛相形见绌，好像他是刚刚开始创作似的。尽管如此，马洛的影子挥之不去。马洛把伦敦的剧院从道德观和道德化中解放出来，开创出以剧怡人的局面，因为这些观众不会因为看戏而变得更加善良或者聪明。拉瑟尔·弗兰泽(Russel Franza)曾经指出：莎士比亚的创作生涯从马洛那里开始；他的《约翰王》(*King John*)受到马洛的影响太大，没有成功。布鲁姆赞成这个观点；他一再坚持，《泰特斯·安庄尼克斯》是对马洛及其朋友托马斯·基德(Thomas Kyd，1558－1594)的嘲笑，剧中人物摩尔人艾伦(Aaron)是在嘲弄马洛的巴拉巴斯(Barabas)。由此可见，马洛对莎士比亚具有相当的影响。根据布鲁姆的诗学影响理论，"'影响'是一种隐喻，暗示各种关系的准则，如意象上、气质上、神韵上和心理上等，所有这些本质上是防御性的。至关重要的是，影响的焦虑源自强劲误读的各种行为的综合体。这就是我所说的"诗学误读"，即富有创造性的阐释。作者所经历的焦虑，他们作品所表达的思想，都是诗学误读的结果，并非诗学误读的原因。任何一部伟大的文学作品都是创造性的误读，从而误释父辈诗人的作品；一部强劲的成功之作便是焦虑。影响的焦虑会使弱势作家一筹莫展，但是却能激发天才作家。"[①]

二、误读典范

那么，影响的焦虑如何激发莎士比亚的创作才能，如何使得他阐释、误读、偏离，直至最后超越马洛呢？强劲诗歌都是复活的前兆。死者可能回归，也可能不会回归，但是，他们的声音总是活生生地存在那里。这绝不是通过模仿，而是通过有天赋的后辈诗人对强劲的前辈诗人的痛苦误读取得的。虽然没有直接文献可以证明马洛与莎翁认识，但是，有一点可以肯定，莎翁很熟悉马洛的文学圈子，如基德、乔治·查普曼(George Chapman，1559－1634)和托马斯·纳什(Thomas Nashe，1567－1601)。当时，伦敦总共只有20多个剧作家在为剧院创作剧本；而且，莎翁肯定看过马洛的剧本上演，看到两三千人的观众被其高雅的语言所折服，一定触动不少。马洛通过个性和剧本来表达自由，莎翁表面上看虽然没有张扬

---

① 详见本书第五章"与大师对话"。

的个性，不仅通过剧本语言，而且通过人物的思想、情感等来更加微妙地表达自由。而这个自由正是莎翁的父辈诗人留给他的最大遗产。他的自由通过许多方面彰显出来。他所塑造出来的人物，如福斯塔夫、哈姆雷特、伊阿古（Iago）等，都使坦博兰、巴拉巴斯等马洛的人物矮了半截。

但是，刚开始创作时，莎翁从马洛那里得到什么启示？《亨利六世》中的塔尔博特（Talbot），就像摩尔人艾伦和理查德三世等一样，都是卡通式人物。当然，赋予这些恶魔和傀儡以高雅的语言，他们一定能够感动观众，就如同马洛的人物一样。不同的是，莎翁不仅渴望感动观众，而且还要把观众带到人物的内心深处。莎翁对他的观众很有耐心。这些人起初是马洛的观众。换句话说，马洛为莎翁准备了观众，从而也就给了莎翁作为诗人的剧作家的自由。这就是莎翁学到的第一课——观众的力量。莎翁的晚期作品逐渐远离马洛。人们可能会忘掉这一点，即诗人的自由源于观众的投入。但是，莎翁并没有忘记；他不断内化马洛式的音乐和语言，让一些英勇的、回荡的片段听起来像是马洛的风格。马洛十分擅长在舞台上表现诗歌；而这一方面，莎翁刚开始在《恺撒大帝》（*Julius Caesar*）和《理查德二世》中不怎么擅长。当《亨利四世》（上）（*Henry Ⅳ, Part One*）中的霹雳火（Hotspur）开始说话时，莎翁提醒我们要注意被静音的马洛的鬼魂，哈尔王子（Hal）和福斯塔夫之间的交流和较量已经赶走马洛的鬼魂；当哈姆雷特开始说话时，马洛连影子都没有，他从此不再打扰他的后辈诗人。

《亨利六世》是莎翁的创作起点，看起来不像他的作品。剧中只有杰克·凯德（Jack Cade）的反抗才有点真实感，是一个亮点。马洛的《坦博兰》（*Tamburlaine*）和《马耳他的犹太人》（*The Jew of Malta*）总是缠绕着莎翁。这时候的莎剧中的人物似乎都带着马洛的声音在说话。在《理查德三世》中，莎翁尽管试图打破古板，但是终究难逃古板的马洛风格的厄运。例如，理查德在失败和战死之前从噩梦中惊醒，这时，莎翁没有任何铺垫，直接把观众带到理查德内心世界的深渊。其中原因可能是莎翁试图把这个暴君从马洛式的卡通人物改变成展示内心世界的人物。结果，这一段内心独白成为全剧的败笔，观众无法接受，因为理查德在进行内心独白之前没有任何痕迹，前后不连贯。莎翁反抗了，但徒劳无功，他完成的还是一部近乎马洛式的剧本。此时的莎翁还没有掌握描写内心世界的技巧，他对马洛的误读似乎是把卡通式人物和内心反应的观众混为一谈。

莎士比亚和马洛的痛苦较量在摩尔人艾伦那里取得相对成功。在《泰特斯·安庄尼克斯》中，莎翁通过塑造艾伦来回应巴拉巴斯，戏仿马洛和基德,从而超越马洛。巴拉巴斯惯于夜间出没,投毒杀人,挖墓盗尸,敲打尸骨,以此为乐。艾伦则是有过之而无不及:他杀人奸淫,离间朋友,放火烧仓,挖墓开棺,尸骨刻字,陈尸友门,坏事干尽。① 虽然这时候莎翁的人物刻画有了新的进步,但还是在马洛的影响之下。在历史剧创作之始,莎翁无法偏离马洛,直至他创造出坏蛋弗康布利芝(Faulconbridge)。这个人物朝后来的福斯塔夫迈出了一大步。莎翁的语言天赋开始通过这个坏蛋的优雅、令人捧腹大笑的言语表达出来。

莎翁脱离马洛的影响的另一个标志是从不同方面再现犹太人。马洛的巴拉巴斯和莎翁的夏洛克同是犹太人,但是,莎翁偏离马洛,把夏洛克描写成喜剧流氓人物。马洛的巴拉巴斯和马洛本人一样,至少高雅怡人。马洛的剧本常见反基督教的情节,而莎剧却是反犹太人的杰作,如安东尼奥(Antonio)就一再坚持要夏洛克皈依基督教——这个情节显然是莎翁杜撰出来的。也许,通过修正、战胜马洛,莎翁力图塑造一个从心理上来说很有说服力、更加可怕的犹太恶魔,而不仅仅是一个滑稽可笑的卡通式人物。莎翁像是在说,"我让你看看犹太人是怎么一回事!"在《威尼斯商人》中,莎翁对马洛的羡慕已经荡然无存。他们俩笔下犹太人形象的影响力有着天壤之别。巴拉巴斯就是马洛,对后世的影响不是太大,而夏洛克四百多年来一直被人当成犹太人的形象,而且对犹太人的伤害还在继续。

随着创作技巧的不断成熟,莎翁向马洛发出最后通牒。《皆大欢喜》(*As You Like It*)这个剧本的讽刺意味相当浓郁,几乎见不到马洛的风格,但还是暗暗指向了他。从表面上,这部剧本直指马洛的抒情诗,"激情的牧羊人之爱"(*The Passionate Shepherd to His Love*),或是指向马洛的那部未完成之作《英雄和勒安得尔》(*Hero and Leander*)。实际上,这些典故都围绕马洛之死。例如,小丑点金石(Touchstone)说道:"一个人的诗若不能让人读懂,或是一个人的才能不能受人赏识,这个打击实在是比小客栈里开出的巨额账单(a great reckoning in a little room)还要厉害"(Shakespeare,457)。这句话令人深思。观众不仅从中可以听到巴拉巴斯的"小房间中的无限财富"(infinite riches in a little room),而且还能明白其暗指马洛在戴普福德(Deptford)旅店被暗杀一事。表面上马洛是因

---

① 在课堂上,一谈到巴拉巴斯和艾伦,布鲁姆总是很激动,脱口背出他们俩的独白。这也是布鲁姆的一大特点:上课不用课本或讲稿,只有一张小纸条,上面写着引文的页数,让学生翻到那里,自己则脱口背诵。他在《影响的焦虑》"前言"中也不厌其烦地引用这两段独白,详细比较分析。请详见 Harold Bloom,*The Anxiety of Influence: A Theory of Poetry*,Second Edition,New York: Oxford University,1997,pp. xxxix‐xli.

为看了那份"巨额账单",在付账时与服务员吵架被杀,但实际上,这是皇家密探所为。虽然莎翁已经完全解决诗学影响问题,但他巧妙地袒护受诽谤的马洛,甚至为他作哀歌。在这个最后通牒之后,莎翁在《李尔王》(*King Lear*)中对马洛做最后一瞥,接着便义无反顾地扬长而去。剧中人物艾德曼(Edmund)的虚无主义、放荡不羁、无穷魅力、善于言辞和卓越才能等都暗示他就是马洛。尽管我们无法从目前的材料找到艾德曼就是马洛的化身的证据,但作为后人的创造性误读,我们完全可以把艾德佳(Edgar)杀死艾德曼理解成莎翁"杀死"并超越其前辈诗人马洛,最终取得诗学影响的胜利。①

第 二 节 莎 翁 与 剧 中 人 物

布鲁姆高度评价莎士比亚的文学成就。他认为,有些伟大诗人并非思想家,而在所有西方作家当中,莎翁既是诗人又是思想家。萨缪尔·约翰逊(Samuel Johnson,1709－1784)在评论莎翁时指出,诗歌的本质在于创造,即发现的过程。布鲁姆以此为基础,进一步指出,莎翁创造我们,创造人类。在他之前,作品人物相对呆板,缺少变化,千篇一律;而莎翁的主要成就在于创造出各种各样个性鲜明、形式迥异、栩栩如生的人物——主要人物多达一百多人,次要人物数量高达数百人。他创造出比现实生活还真实的人物,从而教会我们如何领悟人类的本质。从某一方面来说,莎剧中的人物,如伊阿古、福斯塔夫、哈姆雷特等不仅大于生活,而且改变我们的生活。因此,如果要说有作家成为人类之神,那就非莎翁莫属。

一、人物个性

在所有莎剧人物中,布鲁姆特别欣赏福斯塔夫和哈姆雷特。他认为,在所有文学作品中,这两位人物体现最为综合的意识,远远胜过塞万提斯(Miguel de Cervantes,1547－1616)的堂·吉诃德(Don Quixote)和普鲁

---

① 关于莎士比亚如何摆脱马洛的影响,请详见 Harold Bloom, *The Western Canon*, New York: Riverhead Books, 1994, pp.45－71,和 Harold Bloom, *The Anxiety of Influence: A Theory of Poetry*, Second Edition, New York: Oxford University, 1997, pp.vi－xvii.

斯特（Proust）的利奥波尔·布鲁姆（Leopold Bloom）。也许他们两人才是人类之神，而不是莎翁，因为他们俩拥有最杰出的智慧和知识。抛开纯道德观念，这两个人物都超过剧中其他人物。这种超越体现在认知上、语言上和想象力上，而且最重要的是，体现在个性上。西方作品人物中自我作为道德化身的有许多来源，如荷马、柏拉图、亚里士多德和但丁等，但就人物个性来说，它是莎翁创造出来的，也是莎翁最富有创造力和说服力的杰作。我们反倒成为福斯塔夫和哈姆雷特的后裔，因为莎剧人物的个性无人能敌。马洛充其量塑造出许多卡通式人物，即使那个无比可恶的犹太人巴拉巴斯也不例外；而本·约翰逊（Ben Johnson，1572－1634）则局限于表意文字，例如，他对瓦波恩（Volpom）的最后惩罚让观众伤心不已。另外，约翰·韦斯特（John Webster，1580－1634）所塑造的人物和莎翁的比起来也就小巫见大巫。莎翁聪明绝顶，他的人物刻画逐级发展。例如，艾德曼和伊阿古的虚无主义知识与哈姆雷特的相比，简直是天差地别；马尔奥利欧（Malvolio）的喜剧才能与福斯塔夫的相比，宛如沧海中之一粟。所以，我们可以说，莎翁不是在模仿生活，而是在创造生活。如果读者要问，怎样进行人物刻画？这个问题很好回答——自从莎翁之后，模仿他就行了。

　　莎翁从乔叟、马洛和奥维德那里得到启发，学会人物刻画。在创造出福斯塔夫之前，他已经成功刻画出许许多多栩栩如生、有血有肉的人物，如《约翰王》中的杂种弗康布利芝、《罗密欧与朱丽叶》（Romeo and Juliet）中的墨枯修、《仲夏夜之梦》（A Midsummer Night's Dream）中的博坦等。当然，这些人物与哈姆雷特相比有本质的区别，而福斯塔夫与哈姆雷特只有程度的区别。莎翁这种刻画人物的超凡能力无法解释。弗康布利芝和博坦都是福斯塔夫的前身，是莎翁在练笔。布鲁姆经常说，有人对福斯塔夫理解不够，把他当成一个流氓和混混。例如，有一次上课时，一位女生对布鲁姆如此推崇福斯塔夫表示不解和异议，说他只是一个小人物，不应值得如此推崇。布鲁姆从人物刻画方面给予了解释，说他是莎翁成功地塑造的一个典型人物。布鲁姆之所以喜欢福斯塔夫是因为他的诙谐和影响力——他的蓬勃生机和抖擞精神更大程度上属于他的领导魅力。福斯塔夫的聪明才智也许比不上哈姆雷特、罗瑟琳（Rosalind）和克利欧佩特拉（Cleopatra），或者也比不上伊阿古和艾德曼，但是，每当他开口说话时，他不仅才华横溢，而且还能唤起别人的智慧，具有感染力。所以，布鲁姆认为，福斯塔夫是一位很好的老师，他所传授的知识就是智慧，他身边那些七嘴八舌、蛮有风趣的人都是他的学生，都在模仿他，但都是差生；然而，他有一个天才学生,即冷漠无情、虚伪透顶的王子哈尔。在《亨利四世(上)》开始之前,哈尔王子已经"修完所有课程",因此,他的那位无所不在、无法压制的老师福斯塔夫只能寿终正寝。莎翁舍不得把福斯塔夫交给刽子手,但是,哈尔王子确实希望,也需要他退出舞台,因为只要福斯塔夫在场,就会吸引眼球,哈尔王子也就成不了真正的主角。在《亨利四世(上)》整部戏中,哈尔王子全力争斗,消灭霹雳火,超越福斯塔夫,把这部戏变成自己的戏。哈尔王子和莎翁心中清楚,只有谁能代替福斯塔夫。所以,到了《亨利四世(下)》(*Henry IV, Part Two*),哈尔王子和福斯塔夫同台出场只有两次。哈尔王子无时无刻不在盯着福斯塔夫,直到最后无情地把他抛弃。莎翁曾在"尾声"中说要在《亨利五世》(*Henry V*)中把福斯塔夫带到法国,但是权衡之后还是没有这样做——原因是,要想控制这样一个激情四溢的人物实在太难了。

布鲁姆大胆设问:既然认为福斯塔夫是老师,美国高校会不会聘任他呢? 很显然,像西点军校这样的学校不会聘他。就天赋而言,他完全可以成为耶鲁大学的终身教授,会有很多学生。美国高校要求老师成为"良好的学术公民",即遵纪守法,循规蹈矩。然而,福斯塔夫是个用双脚投票的人,他会出现在作为教室的小旅店,告诉学生:意义来自自我偷听(self-overhearing),来自大脑的活跃。①

二、自我偷听

那么,莎翁有没有受到自己剧中人物的影响呢? 布鲁姆在思考分析过程中经常逆向思维。对于学界同仁而言,这一点很有启发性。例如,我们最常问的问题是,作品及其中的人物如何受到作者的影响,即作者如何塑造和影响作品中的人物。② 布鲁姆认为,从莎翁的所有作品中,包括戏剧和十四行诗,都很难看到莎翁的影子。况且,有关莎翁的历史资料相当匮乏,很难看出莎翁如何体现在剧本中。相反,莎剧中的人物对莎翁产生不可低估的影响。他在《哈姆雷特》中扮演鬼魂,在《皆大欢喜》中扮演老仆人亚当(Adam),在《威尼斯商人》(*The Merchant of Venice*)和《第十二夜》(*Twelfth Night*)中扮演安东尼奥——这些角色肯定或多或少影响演

---

① 关于莎翁如何塑造刻画人物,请详见:Harold Bloom, *Shakespeare: The Invention of the Human*, New York: Riverhead Books, 1998, pp. 1 – 17 和 Harold Bloom, *Genius*, Advance Reading Copy, Warner Books, 2002, pp. 18 – 30.
② 详见本书第四章的"方法探秘"。

员和作者,即莎翁本人。从某一方面来说,莎翁扮演鬼魂最为得心应手;他的父亲和唯一的儿子在《哈姆雷特》最后版本上演之前去世,而哈姆雷特被他父亲的鬼魂一直缠绕着,直到最后在大海才得以摆脱。由于福斯塔夫对莎翁的影响,使得莎翁能够塑造哈姆雷特这一形象;而后由于哈姆雷特的影响,使得一切成为可能。这一切都是通过莎翁这位无可比拟的心理学家所创造的自我偷听①达到的。

约翰·斯图亚特·穆勒(John Stuart Mill,1806－1873)认为诗歌是偷听来的。布鲁姆在此基础上加以发挥,说莎翁通过自我偷听创造出数以百计栩栩如生的人物,因为,当我们偷听到自己的心声时,会感到无比震惊并加以改变。哈姆雷特父亲的鬼魂告诉他秘密,这只是对哈姆雷特的猜测的印证而已,也就是说,哈姆雷特以这种方式让自己偷听到另一个自我,即那个怀疑父亲死因的自我。尽管我们不是哈姆雷特,我们有时也会偷听自己并感到震惊。诚如普鲁斯特所说的,阅读就是自我偷听。哈姆雷特的知识力量从未消失,因为他只说不听,也许除了相信鬼魂之外。当然,莎剧中许多人物都不听别人的话。在莎剧中,自我偷听是通往变化之路。哈姆雷特每次听自己讲话后行为都会有所改变。自我偷听是一种无意识行为、一种隐喻。莎翁也许从乔叟那里得到启示,抓住时机,创造出人类自愿改变(will-to-change)的形式。《哈姆雷特》全剧共有7处著名的独白,哈姆雷特听到或者偷听到自己考虑如何拿起武器与无穷无尽的烦恼作斗争并取得胜利。莎翁在剧中扮演鬼魂,耍弄国王,见到哈姆雷特两次——这样,他可能听到或者偷听到哈姆雷特的内心独白,领会其无所不包的意识,明白哈姆雷特也会像他一样,去世时无父无子。哈姆雷特死于自己的才能之下,不会祈求重生,不希望死时背着玷污的名声。因此,在第五幕中,我们看到,我们知道的没有哈姆雷特多。那么,莎翁有没有知道得比哈姆雷特多呢?哈姆雷特本人是最自由的艺术家,即出类拔萃的自我偷听艺术家,至少可以教我们"艺术入门"。通过自我偷听,莎翁找到如何对自己的灵魂开启改变之门。在福斯塔夫和哈姆雷特的影响之下,莎翁的后期作品改变很多,特别是在《李尔王》中艾德曼的死亡之际达到高潮。②

---

① 布鲁姆详细论述自我偷听,"听到或者偷听到自己话有什么区别呢?我们听到磁带中自己的声音,感到惊奇,这是听还是偷?字典对'偷听'的定义是:在说话人不知道的情况下听到一段话或者听人讲话。自我偷听就是没有意识到自己在说话"(Genius,28)。

② 关于莎翁如何受到自己作品的影响,请详见:哈罗德·布鲁姆著,张龙海译,《体现在作家身上的作品》,《南方文坛》,2002年第3期,第11—12页,和 Harold Bloom, Genius, Advance Reading Copy, Warner Books, 2002, pp.18－30.

　　布鲁姆重读莎剧，重新审视前辈诗人的作品，发现里面的新东西、新意义，并对其做出新的规定和限制，在此基础上重新肯定或者确定莎翁作品的主题、中心和意义，找到莎翁的创作成长之路，从而以一种全新的视角再现莎剧，将经典的高雅文学大众化。难怪乎，他的巨著《莎士比亚：人类的创造》一出版，立即上了《纽约时报书评》的畅销书榜。

第三章

哈罗德·布鲁姆的文学观

　　20世纪的西方文学批评可谓是发展迅猛，如火如荼，从新批评到形式主义，从读者反应论到结构主义，从马克思主义到女性主义，从结构主义到后现代派，从心理分析到诗学影响理论等，都以某一视角为切入点，阐述文学活动的存在和意义，大有"你方唱罢我登场"或"各据一隅，分庭抗礼"之势。然而，到了21世纪，人们在承接这些不同理论、不同观点的同时，可能要对其进行反思、总结，以促进文学批评的新一轮发展。诚如俄罗斯批评家谢尔盖·森金（Sergey Nikolaevich Zenkin，1954－ ）在2002年所说："今天，最有价值的，倒不是革命性的学说，而宁可是在理论史方面有学识很在行的工作——进行总结。应对那些具有观念性的关联与根基加以梳理，将大师们的未尽之言说透，将大师们未曾点破的东西说穿"（塞尔登，第3页）。哈罗德·布鲁姆作为一代批评大师，在理论创新和文本批评方面做出巨大贡献，他有哪些"未尽之言"呢？有哪些"未曾点破的东西"呢？本章拟尝试着做一考证和探究。

第一节　文学·作者·经典

　　文学作为人类文明有机组成部分伴随着人类社会的发展而发展,成为人类社会文化不可或缺的要素之一。历代文学宗师从其不同的时代、社会、文化等方面出发,对文学作了种种定义。

一、文学的界定

　　布鲁姆以自己的诗学影响理论为基础,提出"文学不仅仅是由语言构成;它还是进行比喻的意志,隐喻的追求,即尼采曾经定义的'渴望与众不同,渴望身在他处'"(WC, 11)。这个定义清楚地传递出两层意思。这第一层意思是,文学是由语言构成的。那么,语言怎么构成文学?布鲁姆在《卡巴拉和批评》中指出,根据犹太教的卡巴拉①,上帝和语言合为一体,别无二样,也就是说上帝从虚无之中创造世界,而语言也是从虚无之中创造意思。他接着在《误读之图》中进一步指出,我们只有运用语言才能说出和意指新意的东西,而且要比喻地运用语言,要想走出语言的牢房,我们必须明白"说出"和"意指"之间的差别。也就是说,我们用语言说出一些话,但是这些话绝非简单得像其字面上所承载的意思,而是另有所指。因此说,语言就是一种修辞,其功能是用于交流各自不同的观点,而非只是陈述事实。所以,修辞的"错误"就是由各种东西组成的比喻。这说明,作家如果只是平铺直叙,毫无隐含,不会使用比喻,那么他的作品就会平淡无味,不值得一读;只有使用修辞手法(即各种比喻)来创作,才能写出真正的文学作品。这就是布鲁姆的诗学影响理论中的关键——误读。误读本身就是一种比喻,就是一种创新。在《西方正典》中,布鲁姆引用歌德(Johann Wolfgang von Goethe, 1749-1832)的一段话来阐述比喻:"对

---

① "卡巴拉"是犹太教的神秘哲学,旨在界定宇宙和人类的本质、存在目的的本质以及其他各种本体论问题,主要内容包括创世之秘、生命之谜、命运卜卦以及改变命运的秘法等。卡巴拉教义主要分为三部分:卡巴拉神学(Theoretical Kabalah)、卡巴拉冥想(Meditative Kabalah)和卡巴拉咒法(Practical Kabalah)。卡巴拉思想的核心是生命之树,它被视为是神创造宇宙的蓝图。该词源于希伯来语,意指"传统",大概类似于通过冥想、打坐等寻找宇宙奥秘的修行法。请详见 http://baike.baidu.com/view/336334.htm

东方人来说,世间万物互相联系。他们惯于将互不关联的东西扯在一起,善于通过改变字母或音节等微小变化得出互相矛盾的意思。我们从这里可以看出语言本身具有生产力,只要它和想象力结合,就会产生诗歌。接着,我们如果顺着初始的、必要的比喻开始,标出那些更为随意发挥、更为大胆的比喻,直到最后看到那些最为大胆、最为任意,甚至包括笨拙的、常规的和陈腐的比喻,我们就会对东方诗歌有个总体印象"(WC,192)。由此可见,诗的本质就是比喻,而这种比喻是诗人"将互不关联的东西扯在一起",是一种创造性"错误",即产生出新的意思。从某一方面来说,比喻就是把一物当成另一物来表达,而这就是创造性"错误"。例如,在"东方红,太阳升,中国出了个毛泽东"这一表述中,我们在理解毛主席的作用时有意进行偏离,把他说成红太阳;而正是毛主席的伟大贡献,使得我们突发奇想——毛主席就是红太阳,他带领中国人民推翻三座大山的压迫,像太阳一样给予人民温暖,照亮人民的生活。我们可以从中看到比喻的力量:把两种原先毫无联系的东西放在一起,形成一种巨大张力,产生新的意思。这就是语言的"错误",是文学所必需的,是语言构成文学的方式。①

其次,布鲁姆关于文学的概念投射出另一层意思——文学就是竞争。他在《卡巴拉和批评》中指出,"与众不同,身在他处"是对追求隐喻和终身对诗学执著追求的绝好定义(详见 KC,52)。每位后辈作家发现自己无可避免地要与前辈作家进行一场殊死搏斗,从而确立自己作品的文学地位。自从布鲁姆提出诗学影响理论以来,这一思想一直贯穿在他的各种论述中,以突出后辈作家能够成名的艰巨性和必要性。布鲁姆喜欢引用歌德晚年的一句名言:"一个人活着时,其他人也活着吗?"笔者不妨将其改成"一个作家活着时,其他作家也活着吗?"以此突出一个伟大作家对后辈作家造成的巨大心理压力。作为晚辈作家,在自己成才或者创作过程中需要不时地问自己这个问题,以提醒自己如何超越前辈作家。只有将其他作家的能力转成自己的能力,他们才能创作出伟大的作品。而"实际上除了自身力量和意志,还有什么可称为我们自己的能力呢?"(WC,107) 换句话说,作家的能力——或者更准确地说,作家的创新能力——就是作家的精力、力量和意志。只有自己下定决心和前辈作家决一雌雄,他才有可能胜出;只有自己全身心投入创作,他才有可能胜出;只有创作出强劲作品,他才有可能胜出。这条诗学影响之路决定文学创作道路上的艰辛,也决定代代都有文学巨匠的出现,因为他们有着"与众不同,身在

---

① 关于"比喻"的论述,请详见第一章第三节。

他处"的渴望,他们需要你追我赶的竞争态势。

二、作者的伟大性

　　时下的文学批评已经逐渐脱离传统的世界、作者、作品和读者之间关系的轨迹,不同批评流派有其不同的侧重点,逐渐抛开作者的功能;有人甚至认为,作者已死,或者自从作品诞生之后,它就再也不是属于作者本人的,而是属于世界的、读者的。布鲁姆对此有自己的看法:"经典形成的最深层真理是,他既不是由批评家或者学术界来进行的,更别说政治家。作家、艺术家、作曲家本人,通过连接强劲父辈作家和后辈作家,决定了经典"(WC, 487)。值得注意的是,布鲁姆所指的作家是强劲作家,具有相当的竞争性,而不是一般意义上的作家。他们通过阅读前辈作家的作品,产生焦虑,形成对抗,产生偏离,最后创作出强劲的作品。他指出:"如果没有文学影响过程,根本就不会有强劲的经典作品,尽管这一过程令人心烦,难于理解"(WC, 7)。因此,如何理解这一影响过程变成至关重要。笔者将这一过程图式化:

前辈作品→后辈阅读→进行内化→产生焦虑→后辈作品

从图式中可能看到作家个人置身于文学语境之中,阅读、阐释、偏离父辈作品,形成一定的防范意义,使用种种隐喻或别致的比喻进行抵御,化焦虑为力量,从而创作出可以和父辈作品相对抗的作品。这里以毛泽东和陆游的咏梅词为例,阐释误读的过程①。先看两首词的原文:

卜算子·咏梅　　　　　　　　　**卜算子·咏梅**

陆　游　　　　　　　　　　　　　毛泽东

驿外断桥边,寂寞开无主。　　　　风雨送春归,飞雪迎春到。

已是黄昏独自愁,更著风和雨。　　已是悬崖百丈冰,犹有花枝俏。

无意苦争春,一任群芳妒。　　　　俏也不争春,只把春来报。

零落成泥碾作尘,只有香如故。　　待到山花烂漫时,她在丛中笑。

　　布鲁姆认为,在阅读前人作品的整个过程中,要有防范意识,不能一味表扬,同时后辈作家要通过形象化语言,摒弃先前的比喻,使用新的或者别致的比喻。毛泽东在阅读陆游的咏梅词时就不约而同地体现了布鲁姆的思想原则。他带着批判的眼光去读,指出诗人尽管使用优美的比喻,

---

① 详细分析参见第四章第一节(第66～71页)。

却摆脱不了自暴自弃、孤苦零丁的意象。两位诗人都是借梅咏志，不同的是陆游通过梅的清傲来隐喻自己不与统治阶级同流合污，而毛泽东却以梅的迎雪开放而比喻社会主义新中国不畏困难艰险的革命乐观主义精神。虽是同一比喻物，却产生不同的效果。通过这种防范、偏离，毛泽东做到"读陆游咏梅词，反其意而用之"，创作出另一首足以和前辈诗人相抗衡的"咏梅词"①。由此可见，在创作强劲的经典作品过程中，真正起作用的是作者本人，他架起过去和未来的桥梁，使得文学作品具有传承功能，因为晚辈作者受影响于前辈作者，带有"父子"关系；同时他又使得文学作品具有互文性，因为后辈作家在和前辈作家的竞争的过程中形成"兄弟"关系。这就保证文学经典作品的连续性。

在论及"作者已死"时，布鲁姆严正指出："福柯、巴尔特及其信徒所推崇的作者之死是另一个反经典的神话，类似'所有欧洲男性作家都死了'的叫嚣……不管你是谁，这些作者毫无疑问都是男性，而且还是'白人'，都比你有活力，跟任何一位活着的作者相比，他们根本没有死"（WC，37）。布鲁姆认为，作品的生命力大于作者的生命力。他隐喻性地指出：一部好的作品延长作者的生命，使他不朽，永远活在读者的心中。乔治·桑塔亚纳（George Santayana，1863－1952）在论述战神和维纳斯时写道："一物降生伴随另一物死亡"（WC，96）。笔者不妨将其改成"一物死亡伴随另一物降生"，即肉体的死亡导致灵魂的升华。一位作者的死亡通常使得读者重读他的作品，重新挖掘作品的新义，从而使得这位作者得到新的认识和评判。同时，由于诗学影响的关系，一位作者的死亡只是意味着一个影响轮回的结束，而新的轮回马上就要开始，直至无穷。当然目前社会上存在许许多多炒作的短视行为，通过炒作或者其他方法把一个作家捧红，但他毕竟没有伟大的作品为依托，缺乏生命力，只是昙花一现，如过眼烟云，被布鲁姆称为"十五分钟的名人"和"十五分钟的不朽"（WC，38），不值得一提。

三、经典的标准

捍卫西方经典是布鲁姆的终极目标。他晚年全身心地投入到这一事业中，从 1994 年的《西方正典》到 1998 年的《莎士比亚：人类的创造》，从 2002 年的《天才：百位典型创新作家的马赛克》到 2004 年的《智慧何在》，

---

① 具体分析详见第四章第一节。

都以西方经典作品为中心，重新阐释西方经典作品，并提出一系列关于文学经典作品的标准和要求——原创性、陌生性、以莎氏作品为参照物和时间检验等。

在这些经典的标准中，布鲁姆最推崇的是原创性，认为它是一部作品的生命力所在。他断言道："所有强劲的文学原创性都成为经典"（WC，24）。反过来说，要想成为经典必须具有强劲的文学原创性。正如前面说过的，布鲁姆的文学帝国之中只论述强劲作家，一般的甚至是庸才作家都排除在外。文学原创性的具体体现是美感，即一部经典作品可以给人以心灵震撼，触动读者的心灵，以至"没有经典，我们就会停止思考"（WC，79）；而这种美感经由作者应用丰富的想象力和优美的语言，当然通过修辞，表现出来。这就是布鲁姆与保尔·德曼的分歧——前者强调想象力，即作家的主观能动性，而后者却强调语言，即外界的客观实在性。布鲁姆认为，作家的想象力至关重要，只有丰富的想象力才能调动其他一切手段，形成一种合力，一种足以创作出经典作品的美学力量。布鲁姆指出："只有美学力量才能进入经典，即主要是一种混合力：娴熟的比喻语言，原创性，认知的能力、知识和丰富的词汇"（WC，27－28）。这种原创性的美学力量源于作者的"焦虑的预期"，因为"美学产生于文本之间的冲突"（WC，36）。面对强劲的前辈作家，即已经创作出经典作品的作家，后辈作家因为自己的作品将要和他们的作品比拼而感到焦虑，担心自己的作品是否会被社会和读者所接受。正是这种无处不在的诗学影响困扰了一代又一代的作家，迫使他们以原创性对抗原创性，从而也成就了他们，使他们在和经典作家竞争中获得一席之地。

经典的第二个标准是陌生性。布鲁姆在《西方正典》中从西方浩瀚的作家群中挑选 26 位作家作为西方文学经典的典范。而他的挑选标准就是陌生性。"对于这 26 位作家的大部分，我尽量直接切入主题考证这些作家和作品何以成为经典。答案常在于陌生性，一种无法同化的原创性或是我们已经完全同化而看不出其陌生性的原创性"（WC，2－3）。在沃尔特·佩特（Walter Pater，1839－1884）关于陌生性的观点的基础上，即把陌生性增添到美学中，形成浪漫主义，布鲁姆认为这是整个西方经典形成的特点，以至于从但丁的《神曲》到萨缪尔·贝特克（Samuel Beckett，1906－1989）的《终局》都是从陌生性到陌生性的循环。这与俄国的形成主义具有异曲同工之处，或者说是对其的发展。俄罗斯批评家维特·史克洛夫斯基（Viktor Shklovsky，1893－1984）提出"去熟悉性"，即陌生性，把人们已经熟悉知道的东西变成新鲜的、出奇制胜的、从未见过的。

这样,作者在创作时就会改变读者已经习惯的感觉,让他们把注意力集中到文本的创作手法,使得读者关注的不是真实画面的再现,而是创作本身的特性。而布鲁姆的陌生性强调读者在阅读作品时产生超然的惊讶,而不是期望的满足,从而产生强烈的美感。经典作品必须具备这种超然性,即能够让读者在熟悉的环境中产生陌生感的张力。例如但丁的《神曲》、歌德的《浮士德》第二部、乔伊斯(James Joyce,1882-1941)的《为芬尼根守灵》都具有这种陌生性的原创性。但在有些作品中,读者有身临其境的感觉,如莎士比亚、华兹华斯、简·奥斯丁的作品,因为这些作品具有"我们已经完全同化而看不出其陌生性的原创性"(WC,3)。接着,布鲁姆进一步指出:"一部作品能够赢得经典作品地位的原创性标志是陌生性,这种陌生性我们要么无法完全同化,要么已经变成既定的特征,使得我们对之熟视无睹"(WC,4)。换句话说,有些作家看似并不陌生,其实对我们来说是非常陌生,只是因为他们的陌生性已经为大家所熟悉以至人们没有觉察到。就这样,布鲁姆把陌生性作为原创性的具体体现和载体,用它作为西方主要作家的试金石。

布鲁姆另一个衡量经典的标准是直接以莎士比亚的作品为尺度。他在《西方正典》中明确写道:"毫无疑问,可以这么写:莎士比亚就是经典,他为文学设定标准和限度"(WC,47)。这包含两层意思:

首先,莎士比亚本身就是经典。布鲁姆认为,莎士比亚的经典性在于人物描写和个性塑造,即"对人物和个性及其多变的表现能力"(WC,59)。具体表现为逼真地描写各种人物,让每个角色看似相同,其实却以各自不同的声音说话,突出莎士比亚在描写人物时注意到人物的普遍性,同时又恰如其分地把握住其差异性,从而准确地再现不同人物的特性。表现能力的第二点在于莎士比亚作品人物的多样性和包容性,他们可以让读者有似曾相识的感觉,使得读者能够熟悉、爱上作品,从而形成一种亲近感,即美感。同时,这些人物具有开放性,可以让人从不同视角来审视。"如果你是道德家,福斯塔夫会惹恼你;如果你自甘堕落,罗瑟琳会揭穿你;如果你独断专行,哈姆雷特会离你而去;如果你能言善辩,莎翁笔下的恶棍会让你相形见绌"(WC,60)。正是这些不同人物性格使得莎翁作品更加耐人寻味。表现能力的另一体现是莎翁善于运用不同人物之间的差异性,形成鲜明的对照,这是莎剧巨大美学力量的源泉之一。莎士比亚通过这种人物的对比衬托使作品形成一种巨大的吸引力,使得读者完全置身于作品的世界之中而不能自拔。"表现能力的最完美体现是作品人物成为自我艺术家,即他们似乎独立于作者,可以随心所欲地描写自我,改变自我"（WC，166）。这是人物塑造的最高境界：文学人物超越自我，从而影响作者以后的生活和创作。

布鲁姆话中的第二层意思是莎翁不仅是经典，而且也是经典的标准。"莎士比亚是世俗的经典，或者甚至是世俗的圣经，是衡量前人或者后辈作品是否成为经典的标准"（WC，23-24）。这里需要理解布鲁姆对经典的阐释。"经典这个词源于宗教，现在已经成为文本为了生存而争斗的选择，不管你认为这个选择是由谁做出——主流社会、教育体制、批评传统，或者像我所说的，那些被父辈作家所选中的后辈作家"（WC，19）。这就是说，经典是一种竞争，是后辈作家与莎士比亚的竞争。莎翁通过自己的创作为后辈作家设定经典的标准，即"认知敏锐、语言活力和创新能力"（WC，43）。优于或者等于莎翁作品就是经典，也就是说，任何想让自己成为经典的后辈作家必须把莎翁作为竞争对手，试图否定他，超越他，任何逃避都是没有意义，因为莎翁无处不在，是他创造了人类的个性。

第二节　为西方正典而战

在谈到重读经典时，布鲁姆经常讲述自己的一个经历：有一次他要为哈佛大学的师生讲弥尔顿（John Milton，1608-1674）的《失乐园》，尽管对这部作品早已是烂熟于胸，但是他想体验重读的感受和感悟。这样，在一个风急雨骤的夜里，他抛弃多年来对这部作品的印象，以全新的姿态重读几卷，结果震惊地发现自己得到了前所未有的全新感受，好像他看到的是一本从未读过的书。因此，他得出结论：经典作品可以重读，重读后会有不同的收获。

一、捍卫经典的轨迹

布鲁姆亲身的经历是晚年的他致力于经典重读和捍卫事业的原因。从1994《西方正典》一炮走红之后，他便一直为之而努力。纵观布鲁姆的文学批评生涯，大凡每个主要时期的成就都以一系列著作（通常有三至四部）来阐释自己的观点。例如，早年的他主要研究英国浪漫主义诗歌，主要的成就有《雪莱的神话创造》、《虚构导读：阅读英国浪漫主义诗歌》、《布莱克的启示:诗歌讨论研究》、《叶芝》和《塔中鸣钟者:浪漫主义传统研究》;70 年代他的著名的四部曲创建了诗学影响理论——《影响的焦虑》、《误读之图》、《卡巴拉和批评》和《诗歌与压抑:从布莱克到史蒂文斯的修正论》;80 至 90 年代,他转向宗教研究,著有《冲突:迈向修正主义理论》、《美国宗教》、《J 之书》;接着他的经典重读给读者带来一个全新的世界——用通俗易懂的语言、崭新的视角阐释西方经典作品,为经典重读及其大众化和普及做出巨大贡献。继《西方正典》之后,他于 1998 年、2002 年和 2004 年分别出版巨著《莎士比亚:人类的创造》、《天才:百位典型创新作家的马赛克》和《智慧何在》。这个时期的布鲁姆以他深厚的社会科学底蕴、渊博的学识和敏锐的目光再现西方经典,其力度超出以往的任何一个时期:这四本巨著的总页数达到 2432 页,相当于以往三个时期主要作品的页数总和。

布鲁姆的《天才》不同于前期的《西方正典》和《莎士比亚:人类的创造》。在《西方正典》中,他主要挑选西方 26 位作家,以"贵族时代"、"民主时代"和"混乱时代"为题,把他们放在各自不同的时代进行解读,阐释经典的形成过程、标准以及正在遭受解构的厄运,并在最后的附录中附上长达 36 页的已经和可能成为经典的作家和作品。《莎士比亚》这部鸿篇巨制剖析莎士比亚摆脱影响、成为一个伟大剧作家的历程,分析莎翁的文学人物创造能力——天才的人物刻画和心理描写,以及形象逼真的语言运用。

二、《天才》:经典的宣传书

《天才》的最明显的特点是广度。布鲁姆从西方文学大家中挑出 100 名具有典型的天才作家和作品,涵盖英、法、俄、德等多种语言,从"人类的创造"莎士比亚到现代的拉尔夫·艾立逊(Ralph Ellison,1914－1994),从《圣经》到蒙田(Michel de Montaigne,1533－1592),以独特的视角探究这些天才作家之间的诗学影响之路和内在联系,是作者从教 50 多年的经验总结和科研结晶,旨在引导读者更好地了解、欣赏这些经典作家和作品。在挑选作家时,布鲁姆坚持只收录已经过世、已有定论的作家,对健在的当代作家避而远之,因为他认为经典作品的形成要在作家离世后经过约两代人的检验才能看出。[①]

---

① 布鲁姆在和笔者谈论《天才》时提到他没有将中国作家收入该书的原因:他对中国文学很感兴趣,特别喜欢李白和杜甫的诗歌,但是,由于语言障碍,他无法阅读中国文学作品原著,对中国文学了解不多,不敢对其妄加评论。

《天才》的另一个特点是结构得当、布局巧妙。要想把100位作家囊括在一本书中，其结构布局难度极大。布鲁姆借用卡巴拉比喻塞斐罗特（Sefirot）①的十个部分来统领全文，把全书分成十部分，每部分又分成两组，每组包括五个作家。卡巴拉是一套依赖比喻语言的思考体系，而塞斐罗特是这些比喻之首，具有上帝和亚当的特性，描述上帝创造万物的过程，因此具有无穷的包容性，既可以体现为诗歌，也可以体现为诗人。作为卡巴拉的中心，塞斐罗特再现上帝的内在性，包括神圣个性和性格的秘密。该书的第一部分是"基特（Keter）"，即皇冠，是塞斐罗特的第一部，被看成亚当堕落之前戴着皇冠的头。布鲁姆择其作为全书的第一部分具有深刻含义。首先，该部分的10位作家皆为泰斗，从第一组的莎士比亚、塞万提斯、蒙田、弥尔顿、托尔斯泰（Leo Tolstoy，1828－1910），到第二组的卢克莱修（Titus Lucretius Carus，约99 BC－约55 BC）、维吉尔（Vergil，70 BC－19 BC）、圣·奥古斯丁（Saint Augustine，354－430）、但丁、乔叟，他们都是皇冠似的人物。莎士比亚被布鲁姆认为是人间之神，其创造性无人能比，故位于百人之首，列众人之前。塞万提斯创作出无与伦比的游侠小说，是第一位小说家；蒙田则创造出散文体裁，成为第一位个人散文家；弥尔顿重新再现史诗；托尔斯泰把史诗和小说融为一体，成为超一流的说书人。第二组的五位都是杰出的自传体作家，在这一领域无人能及。当然，塞斐罗特具有矛盾性，在卡巴拉里它又被叫成"阿阴"，是虚无的意思。从这一方面来说，莎士比亚既是人人，也是无人；既是无所不在，也是虚无飘渺；既是文学的皇冠，也是最初始的虚无。他从虚无之中创造出栩栩如生、活灵活现的文学人物，就像上帝从虚无之中创造出世界万物一样。由于塞斐罗特是各种不断变化的意象，布鲁姆计划把这本书变成永远运动着的马赛克，即这种布局只是一种建设性做法，既非一成不变，也不是随心所欲。

第二部分"霍克玛"是"智慧"的意思，包括第一组的智慧化身的作家，即耶和华崇拜者（The Yahwist）、苏格拉底（Socrates，469 BC－399 BC）、柏拉图（Plato，429 BC－347 BC）、圣保罗（Saint Paul，？－67）和穆罕默德（Muhammad，570？－632），第二组人间智慧人物有萨缪尔·约翰逊、

---

① 生命之树是卡巴拉思想的核心，它被视为是神创造宇宙的蓝图，分为三支柱、四个世界、十个塞斐罗特、二十二路径等基本结构。处于不同地方的人类，经过22条路径到达十个塞斐罗特，通过冥想、打坐等将自己的精神提升到更高一层境界，直到皇冠为止。塞斐罗特意指"天体"，即圆圈，是卡巴拉生命之树的基本单位，从高到低依次为："基特（Keter）、霍克玛（Hokmah）、百纳哈（Binah）、赫塞德（Hesed）、丁（Din）、提弗雷特（Tiferet）、奈折（Nezah）、霍德（Hod）、雅索德（Yesod）和马尔哈特"（Malkhut）。

詹姆斯·鲍斯维尔(James Boswell，1740－1795)、歌德、弗洛伊德和托马斯·曼(Thomas Mann，1875－1955)。第三部分"百纳哈"意指接受模式的知识。尼采、克尔凯郭尔(Kierkegaard，1813－1855)、卡夫卡(Franz Kafka，1883－1924)、普鲁斯特、萨缪尔·贝克特等五人位列其中，因为他们代表这种开放型智慧；而莫里哀(Moliere，1622－1673)、易卜生(Henrik Ibsen，1828－1906)、契科夫(Anton Chekhov，1860－1904)、王尔德、鲁伊基·皮兰德娄(Luigi Pirandello，1867－1936)等主要剧作家具有理解敏锐性，进入该部分第二组。第四部分"赫塞德"，即上帝施予的对爱的承诺，包括五位伟大的讽刺性作家，也是爱情讽刺家——约翰·唐(John Donne，1572－1631)、柏蒲(Alexander Pope，1688－1744)、斯威夫特(Jonathan Swift，1667－1745)、简·奥斯丁(Jane Austen，1775－1817)和紫氏部(Lady Marasaki，978?－1026?)；第二组霍桑(Nathaniel Hawthorne，1804－1864)、梅尔威尔(Herman Melville，1819－1891)、夏洛特·勃朗特(Charlotte Bronte，1816－1855)和艾米莉·勃朗特(Emily Bronte，1818－1848)两姐妹、伍尔夫(Virginia Woolf，1882－1941)等擅长描写爱情，特别是痛苦之爱。第五部分"丁"意指严厉审判。第一组侧重美国的诗人和先知爱默生(Ralph Waldo Emerson，1803－1882)、狄金森(Emily Dickinson，1830－1886)、弗罗斯特(Robert Frost，1874－1963)、斯蒂文斯和艾略特(Thomas Stearns Eliot，1888－1965)；紧接其后的是把想象力发挥得淋漓尽致的浪漫主义诗人华兹华斯、雪莱(Percy Bysshe Shelly，1792－1822)、济慈(John Keats，1795－1821)、丁尼森(Alfred Tennyson，1809－1892)和利欧帕迪(Giacomo Leopardi，1798－1837)。第六部分"提弗雷特"的意思是"美丽"，涵盖美学运动的五位杰出人物——史文朋(Algernon Charles Swinburne，1837－1909)、但丁·罗塞蒂(Dante Gabriel Rossetti，1828－1882)、克里斯蒂娜·罗赛蒂(Christina Rossetti，1830－1894)、瓦尔特·帕特(Walter Pater，1839－1894)和霍夫曼史达尔(Hugo von Hofmannsthal，1874－1929)，紧随其后的是法国浪漫主义诗人及其后人——雨果(Victor Hugo，1802－1885)、纳瓦尔(Gerard de Nerval，1808－1855)、查尔斯·波德莱尔(Charles Baudelaire，1821－1867)、阿瑟·兰波(Arthur Rimbaud，1854－1891)和瓦雷里(Paul Valery，1871－1945)。第七部分"奈折"意为上帝的胜利或无法击垮的耐性。第一小组收入史诗巨匠——荷马、卡莫斯(Luis Vaz de Camoes，1524?－1580)、乔伊斯、艾略乔·卡本迪尔(Alejo Carpentier，1904－1980)和奥特维尔·佩兹(Octavio Paz，1914－

1998）；第二小组收入经久不衰的讽刺小说家——司汤达（Stendhal，1783 -
1842）、马克·吐温（Mark Twain，1835 - 1910）、福克纳（William Faulk-
ner，1897 - 1962）、海明威（Ernest Hemingway，1899 - 1961）和弗拉纳
莉·奥康纳（Flannery O'Connor，1925 - 1964）。接着是第八部分"霍
德"，具有先知力量的辉煌，包括惠特曼（Walt Whitman，1819 - 1892）、哈
特·克莱恩（Hart Crane，1899 - 1932）、葡萄牙的佩索（Fernando Pes-
soa，1888 - 1935）、西班牙的费德里科·加德·洛尔卡（Federico Garcia
Lorca，1898 - 1936）和舍努达（Luis Cernuda，1902 - 1963）；第二小组侧
重小说家系列，包括乔治·艾略特（George Eliot，1819 - 1880）、威拉·凯
瑟（Willa Catherine，1873 - 1947）、艾迪斯·沃顿（Edith Wharton，
1862 - 1937）、菲兹杰拉德（F. Scott Fitzgerald，1896 - 1940）和艾利斯·
莫道克（Iris Murdoch，1919 - 1999）。第九部分"雅索德"是"基础"的意
思，主要收录色情描写大师——福楼拜（Gustave Flaubert，1821 - 1880）、
葡萄牙的艾加·奎罗兹（Jose Maria Eca de Queiros，1845 - 1900）、巴西
黑人作家马查德·艾西斯（Machado de Assis，1839 - 1908）、阿根廷的博
尔赫斯（Jorge Luis Borges，1899 - 1986）和意大利的意塔罗·卡尔维诺
（Italo Calvino，1923 - 1985）；第二小组有威廉·布莱克（William Blake，
1757 - 1827）、劳伦斯（D. H. Lawrence，1885 - 1930）、田纳西·威廉斯
（Tennessee Williams，1911 - 1983）、奥地利裔德国人瑞尔克（Rainer Ma-
ria Rilke，1875 - 1926）和意大利的蒙塔莱（Eugenio Montale，1896 -
1981）。最后一部分是"马尔哈特"，意指王国，论述巴尔扎克（Honore
Balzac，1799 - 1850）、路易斯·卡罗尔（Lewis Carroll，1832 - 1898）、亨
利·詹姆斯（Henry James，1843 - 1916）、罗伯特·布朗宁（Robert
Browning，1812 - 1889）和叶芝（William Butler Yeats，1865 - 1939）；第
二小组有狄更斯（Charles Dickens，1812 - 1870）、多斯托夫斯基（Fyodor
Dostsevsky，1821 - 1881）、俄裔犹太人艾萨克·巴柏尔（Issac Babel，
1894 - 1940）、保尔·策兰（Paul Celan，1920 - 1970）和拉尔夫·沃尔
多·艾立森。

　　如此的鸿篇巨制，要将各个作家串起来实非易事。布鲁姆仍然使用
诗学影响理论把各个部分的作家归类论述。例如，第一部分第一小组的
五位作家就是互相影响的例子。莎士比亚之所以被放在全书之首是因为
他是人间之神，创造了人类千奇百态的人生和浑然不同的个性。但是，莎
士比亚可能受到塞万提斯的影响。塞万提斯生活于 1547—1616，而莎士

比亚是 1564－1616，两人虽然同年去世，但他们有生之年却有着完全不同的经历。塞万提斯从未读过莎翁剧本，也就谈不到什么影响。而塞万提斯的《堂吉诃德》的英译本于 1611 年在伦敦出售，莎士比亚没有理由不去拜读；而且莎士比亚还曾经与他的朋友、当时伦敦的另一位剧作家弗雷彻（Fletcher）一起合作，写过一本关于《堂吉诃德》中人物的剧本《卡迪尼奥》，只可惜这个剧本现已经失传。布鲁姆认为，福斯塔夫的身上就有堂吉诃德和乔桑两人的影子。尽管安托尼·伯格斯（Anthony Burges）曾经异想天开地说，莎翁和塞万提斯两人见过面，而且还互相攻击，但是《堂吉诃德》的喜剧讽刺色彩无可否认。因此，可以说塞万提斯曾经影响莎士比亚，让他感觉到自己的喜剧创作能力并非无人能比。

蒙田（1533—1592）散文的魅力在于其普通性，这与他的写作风格有关。他每次有什么感想就会伏案提笔，一挥而就，从不加以任何的修饰润色或修改，有很大的随意性。正是这种随意性让他的作品能够适合不同阶层、不同背景的读者。他的这种随意性写作得益于其人生哲学——恰当、得体地游戏人生。正如布鲁姆所评述："你不是因为生病而死亡，而是因为你活着。死亡无需疾病就足以夺走你的生命。疾病只是推延死亡的到来，即那些寿命稍长，用心思考的人：他们已经上路了，随时准备死亡"（Genius, 45）。这说明蒙田对人生的态度——如果不积极对待人生，不"合法地享受人生"，那和死亡没有什么区别。这种看似积极，实则孤独的心态在莎士比亚的作品中随处可见。布鲁姆认为，莎士比亚肯定读过当时约翰·弗罗利欧（John Florio）关于蒙田作品的译文手稿，从而深深地受到影响。例如，从哈姆雷特的我行我素、游戏人生的态度，可以看到蒙田的影子。

弥尔顿 8 岁时，莎士比亚去世，他在 1632 年发表的"论莎士比亚"得到好评。显而易见，弥尔顿是在莎士比亚的影子下长大的。天资聪明的弥尔顿通过权衡利弊之后，发现自己如果继续剧本创作，只会走进死胡同，因为他无法超越莎士比亚。因此，只有另立门户才能获得成就。《失乐园》和《大力士参孙》之所以能够独树一帜是因为其体裁不同，使得它不必与莎剧决一雌雄，尽管其中的一些人物仍然带有莎剧人物的特征。值得一提的是，布鲁姆建议，一个没有经典知识背景的读者，不妨把《失乐园》当成科幻小说来读。这是一部辉煌的作品，读起来朗朗上口，令人生发无尽的遐想，特别是其中的主人翁撒旦，尽管他邪恶无比，但仍然魅力四射——他就是伊阿古的化身和延续。

托尔斯泰作为俄国文学巨匠，也深受莎士比亚的影响。在所有作家中,也许只有他直言不讳,宣称自己不喜欢莎士比亚。其中缘由,不言自明。尽管托尔斯泰的叙事才能堪称一流,但是莎士比亚却比他略胜一筹。托尔斯泰对《李尔王》尤为不满,认为这是一部有背伦理道德的剧本。布鲁姆比较两位文学巨匠描写谋杀的情景,认为莎士比亚的影子仍然存在于托尔斯泰的脑海中,令他挥之不去。托尔斯泰在描写宝兹尼谢夫杀死妻子时,可谓是娓娓道来,丝丝入扣,这让人想到麦克白谋杀熟睡中的邓肯。

《天才》的第三个特点是批评与传记相结合。布鲁姆一直强调批评中的美学价值,对传记批评不太理会,因为他反对把文学批评历史化或政治化。但是由于本书的特殊性,特别是考证作家之间如何通过阅读各自的作品而互相影响,布鲁姆不得不将传记和批评结合起来,梳理了作家之间互相影响源泉的来龙去脉,既增加该书的说服力,又能避免批评的全面历史化。作者将每部分分成两小节,即两组"光彩",有其深刻的含义。"光彩"其本来意思是通过反光而闪耀,这里特指天才作家之间光芒互射,形成影响,即爱默生所谓的"我为光彩而阅读"。

在篇章结构上,《天才》的特点是选读和批评相结合。作者在评述每位作家时分成两部分,第一部分是选取该作家某一作品中的一段,然后进行简要评述;第二部分则进行综合分析,阐述该作家作品的意义、美学价值及其影响和被影响的渠道。

那么,布鲁姆为什么要花巨大精力重读、重评西方经典?那就是激活读者的欣赏天才,让他们带着感激、敬畏去欣赏,从而唤起读者内心的感召力和自主性。布鲁姆觉得,他自己从教52年,最大的心愿就是能够培养学生的天才;但是,他最终发现只能把如何欣赏天才作品的方法传给学生。他在撰写《天才》导言期间,正值"9·11"过去一周,当时他正在给学生上斯蒂文斯(Wallace Stevens)、伊丽莎白·毕晓普(Elizabeth Bishop)和莎士比亚的戏剧,一个想法突然蹿上他的心头:虽然不知道能否帮助学生从"9·11"这一噩耗中解救出来,让他们淡化这一创伤,但是至少可以让他们自己通过重新阅读天才作品而忍住或者忘却这一悲伤。读者可以通过深入阅读对文学作品进行验证,从而逐渐认同、接受作品的伟大性,使之成为自我的一部分,因为,阅读天才的作品是读者通往智慧的最好道路。

布鲁姆在进入文学经典的重读与捍卫阶段后不遗余力,争分夺秒地忘我工作。《天才》的出版标志着布鲁姆在重读经典、捍卫经典的过程中已经完成从个体作家的研究向群体作家的研究的转变,必将进一步推动和促进经典的普及化和大众化。

第三节　文本·审美·阅读

布鲁姆对文本的美学价值持肯定的态度。为了更好地理解这一关系，我们不妨通过另一方面来理解这个话题——为什么不把文本与社会联系在一起呢？

一、文本与审美

目前社会进入多元文化阶段，在批评领域各种主义盛行，布鲁姆对此忧心忡忡，认为经典正在面临前所未有的挑战——各种主义千方百计地质疑、解构经典。引用英国批评家柯墨德关于经典命运的警告说："经典否认知识和意见的界限，成为传承的工具，具有永久性，却不能抗拒理性，当然能被解构：如果人们认为经典不该存在，就会想方设法摧毁它。捍卫经典不能再通过中心机制的权力来进行，也不能再具有强制性，尽管很难看到学术机构，包括招生，可以抛弃经典而正常运行"（WC，3）。布鲁姆之所以如此担忧，是因为他已经预见到批评领域多元格局对经典的冲击。他认为，目前，文学批评已经被文化批评所替代，批评界充斥着各种鼓噪的、浮躁的声音；他所谓的憎恨学派，即女性主义、马克思主义、拉康学派、新历史主义、解构主义和符号学等，都在大肆鼓吹意识形态就是美学。

布鲁姆关于美学价值的观点可以概括为两个方面：其一，文学批评不同于文化批评，不能压抑美学，而应该以"个人的自我是理解美学价值的唯一方法和全部标准"（WC，22）。其二，不能把美学当成意识形态或者社会能量。"批评是智慧文学的一个分支。它不是政治或者社会科学，也不是性别崇拜和种族鼓噪"（WC，172）。布鲁姆关于经典的理解可见一斑。他指出："西方经典的存在是为了设置限制，建立一套既非政治也非道德的衡量标准"（WC，33）。换言之，经典是一种纯美学的追求。但是，目前社会上出现的一些现象令布鲁姆大为不快。首先是诗歌要依靠世俗力量才能生存；其次是不同的社会都有太多的强劲诗人为统治阶级服务。这也是他为什么老是觉得自己势单力薄的原因。在笔者与他谈话时，每当谈到当下的批评现状，他总是摇着头说"完了，完了"。这种把批评和政治社会放在一起的行为容易让作品失去诗的意味,使作者沦为某一社会、某一阶级的代言人。因此,在阅读文学作品时要将其置于具体的文本语境中进行分析,而不是从社会背景进行分析。布鲁姆强调想象力和语言的张力,反对社会能量说,即通过社会的政治、经济、文化背景作为切入点。这一点可以从他修改笔者的提纲得到进一步的证明。笔者在申请这个项目前和他联系,把自己的想法告诉他,并寄上研究提纲,其中的第一部分是讲述他的生平经历,将其整理成批评传记。没想到他来信说:"不要传记,只要批评,这会更好。"布鲁姆认为,文学研究者必须致力于文学批评。他说:"为什么文学研究者成为业余的政治家、半路出家的社会学家、不能胜任的人类学家、平庸的哲学家和武断的文化史学家?这虽然是个谜,但也并非不可思议"(WC, 487)。这进一步说明他为什么讨厌憎恨学派,因为他们撇开文学批评,东拉西扯,什么都批评,什么都评论,结果变成什么都不是。换句话说,文学批评家要坚持操守,坚守阵地,一心一意,不要成为随风摇摆的墙上草。

布鲁姆之所以反对文学服务于政治,是因为"令人不快的是,政治就像上个月的报纸一样马上变味,极难保持新鲜"(WC, 491)。文学政治化虽是一种时尚,可以流行一时,但它的优点也就是缺点,即过紧地把文学和政治联系在一起,使其只能保一时之新鲜,缺永久之魅力,虽然可以昙花一现,但是没有可再读性,经不起时间的考验。这有如郑板桥的打油诗:"四季花草最无穷,时到芬芳过便空,唯有山中兰与竹,历经春夏与秋冬。"文学政治化就是一年四季各个季节的花草,随着时节更替而花开花落,没有持久的生命力,没有抵挡严寒酷暑的耐力,只能争一时之宠,失长久之爱;而经典作品有如山中的兰与竹,历经历史的检验而永不褪色。

二、阅读方式

布鲁姆声称"人们阅读是为了自我与陌生人"(WC, 35),即阅读的过程是陌生人与陌生人的交流,从中可以获得真正的美学力量和权威。在《如何阅读与为何阅读》中,布鲁姆提出五条关于如何阅读的建议:首先,摒弃任何学术术语;其次,不要通过自己的阅读内容和方式来改善你的邻居或邻里关系;第三,一位学者就是一根蜡烛,可以点亮人们的爱和欲望;第四,人们阅读时必须成为发明家;第五,反讽的回归(详见 HRW,第21—25页)。这五条建议看似简单,其实包涵布鲁姆对文学的理解与追求。他认为,刚开始人们也许是为了打发时间而阅读,或者为了完成某一任务而阅读;但是,最后会争分夺秒,因为阅读是为了将来的变化做准备。人们之所以阅读不仅仅是因为无法认识所有的人,而且因为友谊很脆弱,很容易减退或者消失。第一条建议表明他的立场,即不要压抑美学,不要用充斥大街小巷的性别研究和多元文化代替审美原则,要维护文学的价值和特性(详见本节第一部分"文本与审美");要阅读身边可以找到的书,因为它们可以帮我们权衡利弊和思考问题,可以和我们谈心,不受时间的约束。第二、第三条建议说明他的态度——不要以为阅读可以让人更加完美,尽管真正的读者会照亮他人;好的阅读是孤独带来的一种幸福,可以帮我们回归他者性,因为想象性文学就是他者性。从另一方面来说,阅读的乐趣是具有自私性的,而非社会性的,它无法改善人们的生活;我们的社会到处都是只为自我阅读的读者。第四条建议是关于阅读的目的,是布鲁姆的"创造性误读"。爱默生所谓的"自信"不是上天赐予,而是人们心灵的再生,要通过深入阅读才能获得。人们之所以阅读是因为他们要追寻更有创意的思想。第五第建议是关于阅读的方式,即通过反讽来完成误读。我们不能运用意识形态方式来阅读,因为这会毁掉文学;文本存在的缘由在于它的无穷无尽的意义,而这些意义正是反讽的结果,因此可以说一旦丧失反讽,阅读将不复存在。

布鲁姆对阅读的功能与意义的理解与众不同。早在《如何阅读和为何阅读》中,他就提出阅读是一种孤独的行为,而不是教育的行为。亚里士多德曾提出悲剧具有净化的作用,霍勒斯曾提出文学具有愉悦和指导的功能,这些观点得到了学界广泛的认同,但布鲁姆匠心独运,提出相当大胆的论断:

> 如果人们阅读西方正典是为了形成社会的、政治的或者个人的道德
> 价值观,我坚信人们就会变成自私自利和剥削他人的怪物。我认为,任
> 何服务于意识形态的阅读根本算不上什么阅读,接受作品的美学使得人
> 们学会如何与自己沟通,如何忍受自己。莎士比亚、塞万提斯、荷马、但
> 丁、乔叟或者拉伯雷等人作品的真正作用在于扩大人们不断增长的内在
> 自我。深入阅读经典不会使得人们变好或者变坏,或者成为更有用或者
> 更有害的人。心灵的自我对话远非社会现实。西方正典所能提供的是
> 适当使用自己的孤独,这种孤独的最后形式是面对自己的死亡(WC,
> 28)。

布鲁姆的这一观点似乎与我们的"开卷有益"针锋相对,令许多读者无法理解、不能接受。这里的焦点是如何理解他的"孤独"和"死亡"。

布鲁姆作为一代宗师,对语言的运用可谓炉火纯青;他善于运用各种

隐喻，使得真正的意思和字面意思大相径庭。首先，布鲁姆的阅读不是一般意义上看书、读书，而是一个强劲诗人对另一个强劲诗人的创造性误读。一位读者在重读某一经典时，为了获得新的意义，他必须搁置原来的理解，以及大众的评判。这种新的意义是在原先意义的基础上，开始出现偏离，融进当下的语境，逐渐形成起来。其次，"孤独"是一种隐喻，是阅读的最高境界。一位好的读者需要有自己的见解，需要每次阅读时都有新的理解，这就需要他暂时抛却原先的理解，敞开心扉迎接新的意义。这宛如赛跑运动员，要想取得好的成绩就必须把其他选手抛在后面，自己孤身一人奋勇向前。这与中国的"曲高和寡"有相似之处。因此，布鲁姆的"阅读等于孤独"的观点旨在教会人们如何对待阅读、如何阅读。在谈论歌德时，布鲁姆说过"尼采教给我们痛苦的诗学，只有痛苦才真正值得留念"（WC，191）。笔者将其改为"布鲁姆教给我们孤独的阅读，只有孤独才真正值得留念，"因为"关于阅读的孤独是生活所必需的"（WC，191）。

　　和"孤独"一样，布鲁姆关于"死亡"的论述也是一种隐喻。在《误读之图》中，布鲁姆引用弗洛伊德的观点阐释"死亡"和"意思"之间的关系。弗氏根据人们寻找回到先前的状态的现象假设，这种现象可命名为死亡本能，即所有生活的归宿就是死亡，从而得出结论——"所有有机物希望以自己的方式走向死亡"（MM，90）。布鲁姆在此基础上进行发挥，根据弗氏理论，所有诗人都希望以自己的方式、以诗人的身份走向死亡，但是实际上，没有一位诗人希望死去，因为死亡也会让他的诗人身份随之消失。如果死亡可以再现先前的状态，那么它也可以再现先前的意思。因此，死亡是一种字面意思，或从诗学角度来说，字面意思是一种死亡，人们可以说，防御可以用比喻对抗死亡。同理，比喻可以防御字面意思（详见 MM，91）。这个比喻有其字面意思无法企及的意思。首先，这是肉体的死亡与作品的不朽之间的矛盾。"传统证明，自由和孤独的自我之所以写作是为了克服死亡……我们的共同命运是衰老、生病、死亡和被人遗忘。我们共同希望以某种形式复活，尽管这希望很渺小，但却从未停止过"（WC，489）。布鲁姆明白，任何一位诗人的肉体终将消失，但是他们却能通过自己的作品延续自己有限的生命，即创作出彪炳千秋的巨著，让其流传千古，从而达到某种方式的复活，克服死亡。因此死亡是一种比喻，是每位诗人所希望的；但是只有强劲诗人才能真正面对死亡，这也正如赫兹利特在其短文《论读旧书》中所说："我对死者比对生者更有信心"（WC，490）。其次，死亡是死者的回归和生者的升华。读者专心研读的过程就是与死者交谈的过程，产生加入他们行列的想法，并付诸实践。布鲁姆说："我认为,自我在追寻自由和孤独时最终带着唯一的目的进行阅读:面对伟大。这一行为几乎无法掩盖置身于伟大行列的欲望,这就是审美体验的基础:渴望超越极限"(WC,489)。死亡或者伟大已经成为诗人的理想(请参阅第三章第一节关于"作者已死"的论述)。笔者将上世纪80年代流行歌曲《三百六十五里路》的一句歌词"为了理想我宁愿忍受那份寂寞饮尽那份孤独"改写成"为了死亡我宁愿忍受那份寂寞饮尽那份孤独",作为对布鲁姆关于死亡与孤独的执著的互动。因此,布鲁姆笔下的"死亡"并非一般字面上的意思,也不是有些学者所说的"布鲁姆提到孤独和死亡是因为他近期身体健康状况很不理想。"①

　　至于阅读为何不能使人变好或变坏,这与布鲁姆的文学立场有关。他认为,文学不该拥有社会功能,即不是服务于某一社会团体或利益,而是应该具有审美功能,促进自我的增长。"不管文学研究如何运作,它无法拯救任何人,也无法改善任何社会,莎士比亚不会让我们变好,也不会让我们变坏,但他可能教会我们如何偷听自我。接着,他可能教会我们如何接受自我和别人的变化,也许包括变化的最终形式"(WC,30)。类似这种论断不断在他的著作中出现,凸显他对文学审美价值的强调,即文学肯定能够促进一个人的自我的变化发展。至于其变化的发展的结果如何,那就是其社会功能性了,与他所关注的无关。例如,他后来在《天才》中指出,尽管阅读无法把读者从"9·11"的噩耗中拯救出来,但至少可以让他暂时忘却,让他面对、吸收作品的伟大性。布鲁姆关注的是读者的前期吸收,忽略这一吸收可能产生的结果。例如,读者在阅读莎翁作品中,肯定会被奥赛罗的偏听偏信、伊阿古的阴险狡诈和达丝蒂摩娜的清纯无辜所感动,这就是布鲁姆所要强调的审美价值,至于读者是否会受伊阿古的影响而成为一个十恶不赦的恶棍,那就是后话了。

　　在当下社会中,经典重读或者旧作新读成为时尚。哈罗德·布鲁姆关于文学的定义、作者的功能、经典的标准、文本与审美以及为自我阅读等方面的论述,给我们提供了一个新方法,指出了一条新途径。他对文学的洞见——文学是渴望与众不同的比喻综合体,是作者在诗学影响的过

---

① 2006年,《外国文学评论》在厦门大学举行年会,中国社科院外文所陆建德教授在做主题发言时指出,"布鲁姆提到孤独和死亡是因为他近期身体健康状况很不理想。"布鲁姆于2002年9月在去上课途中因动脉出血而住院,现已康复,并继续上课。笔者当时将陆教授的观点告知布鲁姆时,他回信说道,"我关于'死亡'的论述完全与我的健康状况无关。我已在不同场合阐述得非常详细。"

程中确立了经典，是原创性和陌生性的结晶，是审美功能的体现，是孤独的、面对死亡的阅读——在一定程度上具有积极的、肯定的意义。

第四节　方法探秘·综合评价

布鲁姆一生辛勤耕耘，思维非常敏锐，思想非常活跃。这就引出另一个话题：他的这些思想火花源于何处？要准确地回答这个问题几乎是不可能的。但是通过和他的接触——不管课堂上听他授课，还是在他家里和他聊天——以及研读他的作品，笔者揣摩地总结出两点：逆向思维和推陈出新。

一、逆向思维

布鲁姆虽然在生活上为人和气、平易近人，但在学术上则是一丝不苟，总以批判的目光和态度对待任何观点，从不轻易苟同。他的座右铭是："不管什么东西，我一概反对"（WC，486）。正是这种强烈的批判精神使得他将世间万物作为批判的对象，使得他拥有强烈的求知欲，广猎群书，总在审视、权衡之后提出自己的观点，先破后立、边破边立。这种学术态度具有相当的肯定性和积极意义，值得当下一些人思考和借鉴，以免人云亦云、跟在别人后面跑。他公开宣称："我依次反对过 T·S·艾略特、新基督徒式的新批评主义及其信徒、保尔·德曼及其同伙的解构主义，反对过当下新左派和老右派对文学经典所谓的不平等和道德可疑性进行的攻击"（WC，486）。他的这番话正好勾勒出他那批判一生、战斗一生的豪情：他从未因为某一成绩的取得而沾沾自喜或稍作休息，而是以每一阶段性成就为新的起点，夯实基础，发起新一轮的冲锋，从而收获更多的战斗果实。

正是有了批判的态度和渊博的知识，布鲁姆的思想才得以变得无比活跃、深邃。我们不禁要问：这些活跃、深邃的思想是通过什么思维方式获得呢？答案是：他的逆向思维。他在为一套传记批评系列写总引时用了一个题目——"体现在作家的身上的作品（The Work in the Writer）"。这个题目看似一般，其实给人们指引到了另一个研究方向。作家置身于作品之中，即作家对作品的影响，或者作品如何再现作家的生活，这已是老生常谈,但是,如果把这个顺序颠倒一下,结果会是如何?他在文中写道:"福斯塔夫和哈姆雷特在哪些方面体现了作品中的作家呢?显而易见,我们无从知晓,或者无法了解足够的信息使得我们的回答具有权威性。但是,如果我们把这个问题颠倒过来,那会是怎么回事呢?作品如何塑造了莎士比亚这位作家"(布鲁姆著,张龙海译,第11页)?原先的作家如何塑造、影响作品及其人物的命题变成作品及其人物如何塑造、影响作家,即莎士比亚的生活、个性如何体现在福斯塔夫和哈姆雷特等作品人物身上的命题变了方向——福斯塔夫和哈姆雷特等作品人物如何反过来体现在莎士比亚身上,或是如何影响莎士比亚。布鲁姆认为,前一个命题已经得到了广泛的研究,但是后一命题却是一个全新的天地。例如,莎士比亚在《亨利四世》和《哈姆雷特》中分别创造出伟大的文学人物福斯塔夫和哈姆雷特,在莎翁的有生之年,这两部戏剧不断在环球剧院上演,作者本人肯定与不少观众有过联系,谈论到这两个人物,那么这两个文学人物会不会影响到莎翁的以后创作呢,如何影响呢(详见布鲁姆著,张龙海译,第11—13页)?

布鲁姆一向重文本轻历史政治。他在论述惠特曼的出现是否是历史的偶然时这样写道,"对我来说,与其说,'历史创造莎士比亚',还不如说'莎士比亚创造历史'。历史和语言一样都不是神,也不是造物主,但是作为作家,莎士比亚却是一种神。他成为西方经典的中心,因为他通过改变认知再现来改变人们的认识……从政治的角度阅读莎士比亚势必比从莎士比亚的角度看待政治更加索然无味,正如从莎士比亚的角度阅读弗洛伊德比从弗洛伊德的角度把莎士比亚简单化更有创意"(WC,265)。仔细品味这段论述,我们不难发现,布鲁姆只是巧妙地把"莎士比亚"与"历史"、"莎士比亚"与"政治"以及"莎士比亚"与"弗洛伊德"的顺序对调,但其所产生的新的意义和效果却是不同凡响。第一句"历史创造莎士比亚"强调历史的重要性,突出历史在莎氏作品中的作用;而"莎士比亚创造历史"却强调莎翁的普遍性,把历史降到附属地位。第二句"以政治的角度阅读莎士比亚"突出社会政治在阅读莎氏作品中的作用,换句话说,文学作品政治化;而"以莎士比亚的角度看待政治"不仅强调阅读的独立性,凸显审美原则高于政治利益,而且暗指莎氏作品无所不在,可以作为人们政治生活的指南。第三句"从弗洛伊德的角度把莎士比亚简单化"批评弗洛伊德从心理分析的视角对莎士比亚所进行的近乎荒谬的阅读;而"以莎士比亚的角度阅读弗洛伊德"突出诗学影响之路——莎士比亚创造了心理分析学,而不是弗洛伊德,弗洛伊德只是跟在莎士比亚的后面而已。

布鲁姆喜欢将自己诗学影响理论称为"对抗式批评",即一位后辈作家对抗前辈作家。这从某一方面来说也是逆向思维的体现。后辈诗人刚开始被笼罩在前辈诗人的阴影之下,但是他通过克里纳门,逐渐偏离前辈诗作,用"塔瑟拉"来完成和对抗,即通过使用前辈诗作的一些词语,使之形成新的意义,或者用句通俗的话说,就是"借鸡下蛋"。这样,后辈诗作和前辈诗作形成一种张力,通过"克洛西斯"动摇前辈诗人在时间上的优先权,使他和后辈诗人变成平起平坐,从而为自己的逆升华创造条件,使自己的作品达到"孤独的状态",即超然状态。当后辈诗人将自己的作品向前辈诗人敞开时,前辈已经丧失原先的优先权,像是用后辈诗人的声音在说话,也就是,似乎是前辈诗人在模仿后辈诗人。这种位置的颠倒正是该理论的关键。

布鲁姆的逆向思维使得他的研究视角与人不同——另辟蹊径,研究冷门,拒绝不跟在别人后面人云亦云,而是在繁杂的文学世界中认真筛选,甄别一些被批评界、读者遗忘的作品,重新发现意义,重新界定。例如,一提到简·奥斯丁,读者首先想到的通常是她的代表作《傲慢与偏见》,或者是《爱玛》《曼斯菲尔德庄园》,也许没有人会谈起《劝导》"这部最奇怪的,因此无甚流传"(WC,245)的作品。布鲁姆却在《西方正典》中专门腾出一部分篇幅对其进行论述,认为:"读者最初一定会低估安妮·艾莉亚特(Anne Elliot),因为他们能够轻易欣赏伊丽莎白、贝内特或者罗瑟琳的才智,但是却忽略安妮·艾莉亚特的精确情感"(WC,239)。在众多的小说人物中,安妮虽然不是特别引人注目,但她让奥斯丁倾其所有情感,体现了作者作为小说家对人物心理的准确把握,体现了作者作为女性所特有的深沉的、持久的情感,从而也体现了作品非凡的美学价值——让人读完产生难过无比的感染力。奥斯丁似乎拥有莎士比亚的才能,为读者塑造出许多栩栩如生、形象各异的人物。安妮虽然不如伊丽莎白·贝内特和爱玛·伍德那样充满激情,但却文静端庄,拥有某种气质——一种可以令海军军官弗雷德瑞克·文特沃斯心领神会、为之着迷的气质。正是这种气质维持了她与文特沃斯八年之间藕断丝连的关系,点燃了安妮苦苦等待的渴望和文特沃斯自我劝导的念头,使得小说在这对等待与劝导的矛盾中进行,充满悬念,让读者欲罢不能,从而激发读者期待和求索的欲望。就这样,布鲁姆通过分析书中女主人翁安妮的心路成长历程——从拒绝求婚到焦急等待,从文静端庄到学会浪漫——重新评价这部作品,并给予相当的肯定。

当然,这种研究方法并非可以随心所欲、不负责任地发挥,而是要有理有据,而且要经得起时间的考验。布鲁姆以萨缪尔·约翰逊为例,暗示并告诫批评家在评判时需要谨小慎微。约翰逊曾对康格里夫(Congreve)的《悲哀的新娘》赞赏有加,认为莎士比亚都会自叹不如。布鲁姆对此大为惊讶,因为作为英语世界批评家的代表,约翰逊堪称出类拔萃的莎士比亚批评家,怎么会犯这种错误呢?!唯一的解释是约翰逊由于受到康格里夫散文喜剧的影响,对他的关于死亡的论述产生敬畏,从而影响他的判断力。

二、推陈出新

除了逆向思维外,布鲁姆常用的另一技巧是推陈出新,就是在前人作品的基础上进行综合归纳,然后提出自己富有创见的思想。他在《如何阅读和为何阅读》中提出了阅读的方法:"阅读身边所能找到的东西,它们可以用来权衡利弊和思考问题,可以和你谈话,好像在与你分享同一自然,不受时间限制"(HRW,22)。这个论述看似简单,其实融合了培根、约翰逊和爱默生的观点。约翰逊的观点是:"来到我们身边的东西,我们都能使用。"培根的论点是:"阅读不是用来制造矛盾、驳斥他人,不是全盘吸收,不是用作谈资,而是用于权衡利弊和思考问题。"爱默生则说:"好书让我们相信,一个自然写书,同一个自然看书"(详见 HRW,22-23)。布鲁姆将其整合后,突出看书的目的,强调看什么书和如何看书。

在莎士比亚研究的历史长河中,萨缪尔·约翰逊可谓是最有成就的第一人。布鲁姆毫不讳言地指出:"在约翰逊之前,没有人能够像他那样表述莎士比亚独特的、强大的再现力量;他以犀利的措词指出莎士比亚的本质在于区分艺术,使之与众不同,创造出千变万化"(WC,177),并认定"莎士比亚为后人确立衡量再现的标准"(WC,178)。在布鲁姆的作品中,我们不仅看到他对约翰逊的景仰和恰如其分的评价,而且也看到他受约翰逊的影响而产生的焦虑,以及他所取得的影响焦虑。约翰逊在《莎士比亚作品集》序言(1765)中对莎翁作了比较全面的分析,认为大部分作家笔下的人物通常表现为或者反映出一个单一个体,而莎剧中的人物却总是代表了一类人,究其原因,是因为莎剧再现自然的普遍性。布鲁姆在此基础上进一步发挥:"莎士比亚创造人类个性"(WC,47)——不仅莎士比亚之后的所有作品人物都受到他的影响,而且连现实生活中的个人个性也受到他的影响,从而肯定莎士比亚捕捉大千世界中不同人物特点的洞察力和创造力。布鲁姆接着断言:"莎士比亚就是经典——他为文学设定标准和限度"(WC, 47)。

从诗学影响角度来看，布鲁姆深受约翰逊的影响。作为晚辈批评家，布鲁姆明白约翰逊作为父辈批评家的分量。"如果不能恰当地评价一位经典批评家，西方经典的挽歌就不完整——那就是萨缪尔·约翰逊。他在各民族批评家当中空前绝后，无与伦比"(WC, 171)。面对这个重量级人物，布鲁姆感觉到后辈批评家的焦虑，想方设法避开其锋芒，为自己的研究开辟新路。约翰逊曾经这样评价莎士比亚："他在悲剧中总是尽力写出喜剧效果，而在喜剧中却显得怡情自乐，就像沉浸在与自己天性相符的思维模式中。他的悲剧场景总是有所欠缺，但他的喜剧却超出预期或愿望。他的喜剧通过思想和语言娱人，而他的悲剧却大部分突出事件和动作。他的悲剧似乎出于技巧，而他的喜剧却是出于本能"(WC, 176)。约翰逊认为，莎士比亚的喜剧活灵活现，是个了不起的喜剧家；而他的悲剧却是相形见绌，宛如强拗的瓜。也是基于这个观点，约翰逊对莎翁的喜剧的分析比较透彻。布鲁姆从中找到突破口——他逐渐偏离约翰逊，除了莎翁的喜剧和历史剧外，对莎士比亚的悲剧进行深度研究，对其喜爱有加。例如，《莎士比亚：人类的创造》虽是研究莎剧，但是悲剧部分的分析尤为突出。

除此之外，布鲁姆的研究模式，特别是经典研究，也许是前辈批评家约翰逊影响的结晶。约翰逊的标志性成果之一《诗人传》(*The Lives of the Poets*)是一部重要的批评论著，根据当时出版商的要求，挑选五十位诗人加以评介，包括重量级人物蒲柏、斯威夫特·杨、考利等，但也收列了一些当时已成经典作家却遭后人忘记的人物，如雅尔登(Yalden)、罗斯科曼(Roscommon)等。这部批评传记将文学传记和诗歌批评融为一体，关注每个诗人的个性，即原创性。布鲁姆对此作评价极高，并发出了"和我一样关注影响的批评家必须向约翰逊学习"的感叹(WC，180)。这个感叹当然是诗学影响的必经之路。那么，布鲁姆要向约翰逊学习什么呢？学习他的经典研究，敢于把不同时期的作家进行考量，不管他们是否已经成名或者只是崭露头角；学习他的研究方法，敢于把 50 位作家放在一起研究而不会出现蜻蜓点水的局面。可能受此启发和影响，布鲁姆晚年步入经典研究。《西方正典》挑选西方 26 位作家进行评述，并附上书单，对尚未进入经典的作家和作品作了大胆的预测。《天才》更是规模宏大，精心筛选世界文学界 100 位作家，结合传记批评、精品选读，把 100 位作家及其作品呈现在读者面前。他以自己独特的风格，逐渐发展出散文批评，以优美的笔调、流畅的文字、拉家常的自然语气和简单的语言形式阐述美学价值和文学批评，以现身说法阐明他的诗学影响理论。

三、理想与现实

布鲁姆对西方文学经典的重读和捍卫值得人们的敬仰。但是，随着世界多元格局的形成，多元文化已经逐渐占据主导地位，纯美学的文学经典研究已经显得势单力薄。应该指出的是，布鲁姆的审美价值观和方法论只是重读经典的方式之一，与其他六种他所谓的"厌恶学派"应是平等兼容，而非针锋相对。21世纪正好是时代交接、文化转轨的阶段，应该容忍其他批评方法、重读方式的存在，不能像堂吉诃德一样进入一个纯理想的世界，以至让人觉得滑稽可笑、不合时宜。这也许正是布鲁姆喜欢堂吉诃德的原因——两人同病相怜。他拒绝接受时代的变化，拒绝当下政治社会背景，一心捍卫高雅文学，为纯美学而献身。然而，时代的发展决定了多元文化的出现。各种主义、各种观点同时出现，同地而栖，互为辅补，相辅相成。这是历史和社会发展的必然结局。布鲁姆的英勇行为就像堂吉诃德骑马撞风车一样，落个人仰马翻，却又仍不醒悟，一心而进，只是为了挽回他那西方骑士的荣誉。布鲁姆应该从堂吉诃德身上看到自己的不足，因为"是这样永远不等于'应该这样'"。美学价值是文学研究之道，或者说是"应该这样"，但是社会的发展与现实却需要与之相符的文学批评，是"是这样"。因此，布鲁姆只能躲在自己的小楼里，无法与当下社会融为一体，只能"躲进小楼成一统，管它春夏与秋冬"。

在这个时代交接、文化转轨的时代，文学批评应该是百花齐放，百家争鸣，而不是扬己抑人或者排斥抵触，甚至对抗。布鲁姆以美学价值为标准衡量文学作品的观点有其积极肯定的一面，但是社会的发展给文学批评提出一个巨大的问题，也是一个严峻的考验和挑战——如何对待以往曾被静音、边缘化的女性文学、少数族裔文学以及现在迅猛发展的性别文学？这些文学作品无疑会烙上鲜明的时代特征，如果无视因地制宜，不从具体的社会历史背景出发，没有考虑到当时的社会政治因素，而是单纯从文学价值的角度来考量，就会使这些作品失去其鲜明的时代特征和族裔特性。一个简单的例子足以说明这一点。美国华裔文学从第二次世界大战后发展迅猛，一些华裔作品不仅进入《纽约时报书评》畅销书的行列，而且还进入美国大学课堂，成为学生必读的书单之一，但是，我们禁不住要问一个问题：美国读者何以会对这些作品感兴趣？——是因为作品中的美学价值，还是其中包含的异国情调的族裔文化，或是因为读者的好奇心？如果华裔作家汤亭亭和谭恩美的作品中没有中国文化作为背景，美国读者还会那么喜欢吗？答案不言自明：美国华裔文学的美学价值就是建立在其族裔文化的基础上。汤亭亭的《女勇士》之所以风靡美国是因为作者通过误读中国文化，改写"木兰从军"和"蔡炎入匈"等故事，再现作者对女性价值的思考和对自我属性的追寻。因此，对少数族裔文学来说，族裔文化是其有机的组成部分，它通过文学作品产生出新的意义，不能简单地将其剔除或者添加。这时的作品分析必须结合少数族裔文化，也就是说要考虑到社会、历史、政治等因素，对批评对象进行通盘考虑，综合分析，然后做出科学判断。

四、坚定的孤独

布鲁姆虽然深受耶鲁大学学生的喜爱和尊敬，但部分学生对他的立场却持反对态度，甚至公开散发反对传单。2002年，耶鲁大学克罗斯校园里一群女生站在那里散发传单，上面写着"不要布鲁姆"，并将他的图像贴在地上，让路过的学生践踏，以抗议布鲁姆对女权主义的排斥。笔者将这一情况告诉他老人家时，他置之一笑，说大势所趋，难以阻遏，只能一个人走下去。这一回答时常让我联想到他在《西方正典》中对华兹华斯诗歌的阐释。布鲁姆对《康柏兰的老乞丐》、《荒屋》和《迈克尔》这三首诗喜爱有加，认为："从《康柏兰的老乞丐》感受到的愉悦很难获得，却也很难忘记；《荒屋》以祝福结尾，尽管这种祝福是一种完全的失落，却难以忘怀；而《迈克》也是以彻底失落的景象结束"（WC，236）。有趣的是，这三首诗不知不觉地折射出布鲁姆现在的处境，勾勒出一位为文学研究献出毕生精力的学者的轨迹：诗中的老乞丐，独自一人在阳光下品尝食物，却遭到小山雀的抢食，但坚持自己孤独一人往前走，在自然的眼中生活，在自然的眼中死去。这个意象可以解读为布鲁姆在阳光下专心致志地阅读欣赏经典作家的作品，却遭到小山雀一样的厌恶学者的反对，只能孤独一人，头顶神恩地往前走，让自己在读者或世人的评判中生活，在他们的评判中消失。《荒屋》中的玛格丽特带着对生活的希望，艰难而又执著地走完自己悲惨的一生，彰显希望可以让人振奋、却也足以毁掉人的一生的主题。布鲁姆似乎意识到自己的结局——希望是美好的，现实是残酷的。尽管他希望人们会摒弃生活、社会和历史，仅从美学角度来研读、欣赏文学作品，但是当下的现实不允许他这样做，只有让我们在"悲伤的无能"中为他祝福。《迈克》中的主人翁带着对儿子的思念，坚持用七年时间修建羊舍却未能如愿,只留下那棵挺立的橡树和未完工的羊舍。布鲁姆带着对文学的思念与热爱,倾其毕生精力重构西方经典,却也遭到重重阻力,只能遗憾地将自己未竟的事业留在那里。

笔者试着将这三首诗融为一体,进行误读,创作一首《纽黑文的老教授》,献给恩师布鲁姆。

纽黑文的老教授

我上课时看到一位老教授,
他在讲台前。
这讲台就在美丽的校园里,
让老师引导学生步入文学殿堂。

老人把笔放在桌子上,
从一个装满文学作品房间
——那是作家的成就,
他一本本地挑出强劲作品,
眼光专注凝重,
悠闲地数数。

他在阳光下,
独自一人坐在那里,欣赏作品,
极力阻止批评杂音的出现。
厌恶学者所制造的这些杂音,
已经悄然地与他形影相随。
他独自一人往前走,
眼睛注视着批评界,
当他移动时,他的视线也随着移动。
就这样他在焦虑和孤独中度过一个又一个冬天,
直到他播种的西方正典之树在风霜雨雪中逐渐长高。
尽管多元文化这股湿气冷到他的心头,
厌恶学派的风雪吹打着他那庞大却脆弱的身体,
但是他却喜爱自己亲手种下的树苗,
不会因为外面的世界而离开。

为了读者,
为了那块传承之地,
他辛勤耕耘,修修补补,构建经典。

> 人们不会忘记他，
> 因为心中都存有怜悯之情；
> 大家心里清楚，
> 他时常前行，每天都搬起一块石头。
> 如今，命名为《西方正典》的小树巍然屹立在那里，
> 未成材的痕迹依然可见，
> 矗立在威特尼大街旁。①

> 令我坦然的是，我怀着晚辈的敬意，
> 在孤独的无能中为他祝福：
> 让他蒙受护佑往前走，
> 带着世间万事所赐予的孤独，
> 独自呼吸和生存，
> 不受非议，不受伤害；
> 让他怀着仁慈的天理所赋予的良知，
> 启蒙未开化的学生，多行善事，认真思索；
> 让他蒙受护佑往前走，
> 让他呼吸山谷里新鲜的空气，
> 只要他能走动，
> 让他的血液继续与雪霜搏斗，
> 让他摆脱学术界的孤独，身边萦绕着美好的笑声，
> 因为他的乐趣少之又少；
> 让他随时随地坐在教室或家里，
> 和学生一起分享焦虑和美学，
> 直到最后；
> 就像他生活在自然之眼中，
> 让他在自然之眼中离去。

在布鲁姆的眼中，"自然"有多层含义。首先，它意指老人顽强的意志，突出诗歌的主题——"人类的尊严坚不可摧，人类的意志旷日持久，人类就是在自然之眼中来来去去"（WC，227）。其次，布鲁姆在阅读萨缪尔·约翰逊时对"自然"提出不同的理解，"批评和自然之间总是存在一种张力"（WC，174）。布鲁姆认为，"自然"就是西方文学界的泰斗莎士比亚，因此约翰逊的座右铭不仅承认莎士比亚的文学地位，也为文学批评指

---

① 威特尼大街（Whitney Street）是纽黑文的一条主干道，穿过耶鲁大学校园。布鲁姆的家就在这条大街旁，离校园步行只需三四分钟。

出方向——用莎士比亚作品的标准衡量其他的文学作品。笔者这里添加另一层含义:"自然"就是读者。布鲁姆的《莎士比亚》和《西方正典》虽为学术专著,一出版后却能很快跃居《纽约时报书评》畅销书的榜首,这不仅说明读者对布鲁姆的成就给予了肯定,而且说明读者在对文学批评的接受的过程中起到关键、核心的作用。尽管一些批评家对布鲁姆说三道四,颇有微词,但是读者对他的肯定足以让他欣慰。

第四章

诗学影响理论运用

　　哈罗德·布鲁姆的诗学影响理论自提出以来,具有相当的影响力。它不仅指出文学历史长河中存在的一个普遍现象——如何面对影响,而且还指出一条已被人们无意识地应用的方法——创造性误读。本章围绕笔者的研究领域,尝试性地使用诗学影响理论分析具体文本。

第一节　创造性误读
——评诗人毛泽东误读陆游

　　一提起毛泽东(1893—1976)的《卜算子·咏梅》①,读者可能不会陌生,因为这是毛泽东晚期诗词的代表作,学术界对其作了相当多的研究②。本文则是运用哈罗德·布鲁姆的"诗学影响"理论,即"对抗性批评"理论,分析诗人毛泽东

---

① 词的全文参见本书第40页。
② 如公木在《毛泽东诗词鉴赏》中从艺术是现实生活的反映和批判地继承遗产等两个方面分析比较这两首词;蔡清富等合著的《毛泽东与中国古今诗人》从现实生活是第一创作源泉、古今中外的文学作品是二度创作源泉这一论点出发,论述毛泽东对陆游的批判性借用。

如何创造性"误读"、"误写"①前辈诗人陆游的咏梅词，从另一视角探讨诗人毛泽东对古典文化的批判性继承和发展。

2001 年 8 月，笔者有幸获得国家留学基金的赞助，赴美国耶鲁大学比较文学系从事博士后研究，师从哈罗德·布鲁德。笔者认真研读布鲁姆的著作，如《影响的焦虑》和《误读之图》等，试图理解"对抗式批评"理论。虽然布鲁姆耐心讲解和指导，但笔者对这个理论仍然长期处于雾里看花、似懂非懂之中。不过，一个偶然的机会解决了这个持久的难题。

那是 2002 年春节的除夕，"独在异乡为异客"的笔者倍感寂寞，心中升起丝丝的思乡之情，不管如何克制，总是挥之不去，无法静心读书，只好作罢，信手拿起随身携带的《毛泽东诗词鉴赏》，恰好翻到《卜算子·咏梅》。突然，一行大字映入笔者的眼帘："读陆游咏梅词，反其意而用之"。笔者虽然对这首词早就倒背如流，但是对陆游的原词不太在意，便情不自禁的朗读这两首词，突然灵机一动：这不就是诗学影响理论的最佳例证吗？

布鲁姆的诗学影响理论听似简单，但要领会其精髓却需颇费一番工夫。布鲁姆认为，由于前辈诗人在时空上的优先权，他们的成就和影响迫使后辈诗人的误读变成势在必行——他们变成后辈诗人前进的绊脚石，使得他们焦虑不安，迫使他们脱离这种具有威胁性的影响。为了避开时间上的迟来（belatedness），后辈作家必须强劲，使得自己足以和父辈作家抗衡。这里所说的影响并非指父辈作家对后辈作家的引导和启发，也不是简单的意念和意象的继承，而是后辈诗人通过强劲误读，化时空上的被动为主动，以父辈诗人的作品为基础，重新阅读，重新评定，重新瞄准，从而找到创作的突破点。②

那么，诗人毛泽东是如何误读陆游呢？如何改变"迟来"的不利因素呢？如何实现逆升华呢？其诗篇又如何向前辈诗人敞开呢？

陆游（1125—1210）一生爱国，主张抗金，收复中原，怎奈当时的南宋王朝定都杭州，偏安一隅，苟且偷生，朝中主降派势力壮大，陆游的抗金主张常受打压。他的《卜算子·咏梅》③便是在诗人北伐主张失败、自己陷于孤立的情况下有感而发的。诗人在词中借物言志，以孤独的梅花自喻。

---

① 在哈罗德·布鲁德的诗学影响理论中，"误读"和"误写"这两个术语并非指"读错""写错"，这里的"误"不是错误之意，而是重新的意思，是一种创新。因此，只有强劲的后辈诗人才有能力误读、误写前辈诗人的作品，一般的后辈诗人只能模仿而已。

② 关于布鲁姆的诗学影响理论，详见第一章。

③ 词的全文参见第 40 页。

词的上阕写实,描写梅花所处的自然环境:"断桥边"凸现环境的凄凉和悲切,以此彰显梅花孤独寂寞、无人欣赏的"寂寞开无主"的凄惨境地;雪上加霜的是,不仅黄昏已近,无人垂怜,而且风雨交加,梅花只能任凭风吹雨打,自开自落。词的下阕言志,表明诗人的心志:梅花虽然无意争春,却遭群芳妒忌,只能是"零落成泥碾作尘"。这一悲惨命运是诗人不与投降派同流合污的必然结果。可见诗人已经做好思想准备,走自己的路,让别人去说,一如既往地坚持抗金主张,认定"只有香如故"。难怪诗人毛泽东在批注陆游这首词时一针见血地指出:"作者在北伐主张失败,皇帝不信任他,卖国分子打击他,自己陷于孤立,感到苍凉寂寞,故作此词"(转引自胡为雄,第249页)。

1961年,中共中央扩大工作会议即将召开,日理万机的毛泽东偷闲重读陆游《卜算子·咏梅》,大受启发,"反其意而用之","误读"、"误写"出反映无产阶级革命家雄才伟略、坦荡胸怀的咏梅佳作。毛泽东作为后辈诗人,重新阅读、重新评定、重新瞄准前辈诗人陆游的咏梅词,在其基础上,偏离前人的作品,从而引起"克里纳门",即诗歌误读或者有意误读。在后辈诗人的驾驭下,前辈诗人的诗歌达到某一点后突然转向,朝后人新诗移动的方向偏移。毛泽东的咏梅词从陆游词中梅花所处的恶劣环境之处逐渐偏移,勾勒出一幅更加艰险的环境。陆游的"驿外断桥边,寂寞开无主。已是黄昏独自愁,更著风和雨。"被诗人毛泽东演绎成更赋挑战性的环境:"风雨送春归,飞雪迎春到。已是悬崖百丈冰,犹有花枝俏。"当时的中国国内新民主主义革命刚刚结束不久,社会主义革命正在起步和探索之中,摆在中国共产党人面前的是一场更为艰辛的斗争,因为周围"已是悬崖百丈冰"。面对前几年经济建设遭遇的挫折以及当时美帝国主义、苏联修正主义和其他国际反华力量,中国共产党人处变不惊,从容应对。诗人的"犹有花枝俏"已经完全偏离陆游词中的那种苍凉寂寞、无可奈何的境地。这正是中国共产党人敢于在"已是悬崖百丈冰"之时面对困难、蔑视困难的雄心壮志,因为"梅花欢喜漫天雪"。同时,这也是向全世界宣告,不管形势多么严峻,中国社会主义这面红旗是永远不会倒下的。至此,通过"克里纳门",毛泽东的新诗已经偏离陆游原词的方向,朝着诗人既定的新目标前进。

在偏离陆游作品之后,毛泽东通过"塔瑟拉"来完成和对抗前辈诗人。他利用误读保留原有的词语,但是这些词语已经变成其他意义。这样,陆游的作品和毛泽东的作品之间形成一种张力,变成像是在毛泽东的帮助下,陆游才能完成自己的作品。同样是描写梅花的孤独,毛泽东的词和陆游的词却是一种意象、两种意境。陆游笔下的梅花不仅是"寂寞开无主"，而且是"已是黄昏独自愁，更著风和雨"——这完全是封建王朝的士大夫在壮志未酬、雄心不就的情况下发出的一种寂寞无助的长叹；而诗人毛泽东虽然保留同样的梅花意象，在"已是悬崖百丈冰"的环境中却"犹有花枝俏"，体现了无产阶级革命家敢于迎接挑战的大无畏精神和革命乐观主义精神。

至此，诗人毛泽东已经清空前辈诗人陆游，达到"克诺西斯"。"克诺西斯"是一种断开机制，原意是指基督放弃神性，降为凡人。布鲁姆将其借用到自己的"对抗式批评"，意指后辈诗人经过努力，倾空自己的灵感，自我谦逊，逐渐动摇前辈诗人在时空上的优先权，改变自己"迟来"的被动局面。这样，前辈诗人慢慢衰退，好像已经不是诗人了，从而与后辈诗人断绝了关系。诗人毛泽东在词中抒发无产阶级革命家对国际大环境和国内小环境的充分估计和判断，这时他已经不是什么诗人，而是一个站在中国社会主义革命的最前头、高瞻远瞩、对新中国的未来充满了信心的革命家和领导人。这样，诗人毛泽东就和陆游断绝了关系，因为，作为封建时代的士大夫，只要陆游抛开诗人这一属性，他只能受制于自己的世界观，发发牢骚而已。这是封建社会生不逢时、怀才不遇的落魄文人流露出来的寂寞悲伤的情调。同是咏物抒怀，陆游只能因受排挤、壮志未酬而发出个人悲叹，而诗人毛泽东却是高屋建瓴，形象地概括中国与世界革命的形势，对未来做出科学的预见。

在这个过程中，诗人毛泽东已经压抑陆游的升华，使自己得到逆升华。这就是"对抗式批评"的第四个阶段——"魔化"。前辈诗人受到后辈诗人的压抑，降为凡人，处于相对虚弱的位置，而后辈诗人通过一系列的努力，逐渐积蓄力量，达到逆升华，从而取得暂时的优先权。同为咏物抒怀的咏梅词，但陆游由于受到自己所处政治环境和世界观的限制，只能发发个人的牢骚，叹道："无意苦争春，一任群芳妒"——抒发了"我不与你们争荣夺宠，你们为何对我这么妒忌，何必如此苦苦相逼"的心境。可悲的是，陆游简单地把自己收复中原的壮志未酬归咎于同僚的妒忌和排挤，未能看到问题的本质——问题的根源在于封建专制，在于南宋王朝苟且偷生。陆游不仅看不到这一点，而且还对没落的王朝抱有幻想——他在《示儿》中写道："死去原知万事空，但悲不见九州同。王师北定中原日，家祭毋忘告乃翁"——仍然把北定中原、统一中国的希望寄托在南宋王朝的"王师"上面。相比之下，诗人毛泽东却是意在以词明志，抒发中国共产党人不卑不亢、谦逊自处的高风亮节。"俏也不争春，只把春来报"传递的意境是：尽管国际风云突变，反华势力尘嚣直上，但是，中国共产党人不屈不挠、不卑不亢，继续建设社会主义；社会主义建设成功之日，中国共产党人也不会居功自傲、称霸世界，而是将建设社会主义的成功经验与全世界无产者共享。这与毛泽东提出的"深挖洞，广积粮，不称霸"的思想一脉相承。这样，诗人毛泽东在无产阶级革命家的思想高度上达到逆升华，使得前辈诗人陆游的个人悲叹显得那么苍白无力。

到了这个阶段，诗人毛泽东进入超然状态。"艾斯克西斯"是后辈诗人与前辈诗人进行你死我活的斗争，从而净化自我，与前辈诗人分离开来，获得孤独状态。这里所说的"孤独状态"并非指诗人孤独，而是指诗人经过逆升华后进入一种"超然状态"，即超越前辈诗人。陆游在发完牢骚之后，以"零落成泥碾作尘，只有香如故"结束全诗，表白自己虽经嫉妒排挤，但是收复中原决心不改的心迹。陆游心里明白，自己最终的下场将和"寂寞开无主"的梅花一样，难逃"零落成泥碾作尘"的命运。所以，他才会发出"报国欲死无战场"的悲叹。但是，不管结果如何，他都不会改变自己主张抗金、收复山河的初衷。然而，诗人毛泽东却是以无产阶级革命家的坦荡胸怀来结束全诗："待到山花烂漫时，她在丛中笑"。这是何等的气概和胸怀！中国共产党不仅要领导全国人民进行社会主义建设，同时还要和其他社会主义国家一起，为在全人类实现共产主义而奋斗。一个"笑"字画龙点睛，使得全文为之顿然鲜活：笑的是"悬崖百丈冰"对梅花的无可奈何；笑的是国际反华思潮在中国共产党人的不屈不挠抗争中终将彻底失败；笑的是春回大地，百花盛开；笑的是，经过摸索之后，共产主义得以在全人类实现。这已经从爱国主义精神升华到国际主义精神，体现诗人毛泽东放眼世界、坚信未来的革命乐观主义精神。

创造性误读的第六个阶段是"阿波弗雷兹"。这时，后辈诗人的作品再次向前辈诗人敞开，好像是强劲的已逝诗人回归，但他们是用我们的格调回归的，用我们的声音说话。这样，后辈诗人改变时空上"迟来"的不利因素，取得优先权，而前辈诗人已经丧失其时空上的优先权，变成好像是在模仿后辈诗人。细读这两首咏梅词，我们逐渐感觉到，倒像是陆游在模仿诗人毛泽东，而不是诗人毛泽东在模仿陆游，因为，后辈诗人毛泽东已经超越、阉割前辈诗人陆游。陆游像是也要描写"雪压冬云白絮飞，万花纷谢一时稀"境况下的梅花，结果却变成"寂寞开无主"、"一任群芳妒"和"只有香如故"的悲凉凄惨的梅花，与诗人毛泽东的"犹有花枝俏"、"俏也不争春"和"她在丛中笑"的傲视严冬的梅花相去甚远。陆游也在言志，但最终脱离不了个人悲观主义的孤芳自赏和自视清高的"只有香如故"。陆游之所以达不到后辈诗人毛泽东的境界,是因为诗人毛泽东笔下的梅花敢于傲视"悬崖百丈冰",是中国共产党人的化身。这恰好是两个诗人所处在不同时代和不同阶级的客观反映。郭沫若在评论这首词时说道:"当时是美帝国主义和他的伙伴进行反华大合唱最嚣张的时候,这也就是'已是悬崖百丈冰'的时候。在这样的时候,我们的处境好像很困难、孤立,不从本质上看问题的人便容易动摇。主席写出这首词来鼓励大家,首先是在党内传阅的,意思就是希望党员同志们要擎得住,首先成为毫不动摇,毫不害怕寒冷的梅花,为中国人民做出好榜样"(蔡清富:第308页)。

在古往今来的咏梅词中,陆游的这首词将咏物抒怀结合得天衣无缝,堪称一首绝妙好词,但是,诗人毛泽东却以其为基础,"反其意而用之",结合当时国内和国际形势,创造性地加以"误读、误写",取其格律形式和创作素材,舍其壮志未酬、孤芳自赏的悲观主义,"误写"出一首旨在鼓励全体党员要以梅花自勉,不仅要有革命大无畏精神,敢于蔑视困难,能够在逆境中成长,而且要有坚守革命信念、科学预见未来的革命乐观主义精神。因此,诗人毛泽东的《卜算子·咏梅》是批判地继承文化遗产的典范,是诗人毛泽东"继承一切优秀的文学艺术遗产,批判地吸收其一切有益的东西,作为我们从此时此地的人民生活中的文学艺术原料创造作品时的借鉴"(公木:第230页)的结晶。

第二节　焦虑和误读
——评美国华裔作家汤亭亭《女勇士》的创作技巧

回顾20世纪下半叶美国华裔文学的发展历程,我们不难发现其中的一个显著特点——赵健秀(Frank Chin,1940-　)和汤亭亭(Maxine Hong Kingston,1940-　)这两位主要作家之间的"论战"。1974年,赵健秀偕同《哎呀!》的其他编者,将汤亭亭、黄玉雪(Jade Snow Wong,1922-2006)和黎锦扬(C. Y. Lee,1917-　)等排除在该书之外,因为,这几位都致力于传记和自传的创作。这从而引发了美国亚裔文学界的所谓文化论战。赵健秀勇敢地宣称(这确实需要勇气与胆量):"自传并非中国的创作形式"(Chin,11)。早期的美国华裔作家确实皆以自传起家,如李延富(Lee Yanphou,1861-1938)的《在华的童年》(*When I Was a Boy in*

China，1887）、刘裔昌（Pardee Lowe，1904－1996)的《虎父虎子》(*Father and Glorious Descendant*，1943）、黄玉雪的《华女阿五》(*Fifth Chinese Daughter*，1945)和汤亭亭的《女勇士》(*The Woman Warrior*，1976)等。赵健秀认为，这些书尽是描写中国的习俗、食物和节日等，因此属于"食物色情文学"。面对种种指责（不仅仅是批评），汤亭亭直到 1982 年才正式回应。她在该年发表的"美国评论家的文化误读"中尖锐地指出，批评家用"东方的异国情调、不可理喻和神奇莫测的刻板形象来衡量此书和我"（Amirthanayagam，55－56）。

一、华裔族群的焦虑

　　这一争论在美国华裔文学界掀起哄然大波，许多该领域的巨腕人物也纷纷参与讨论，如张敬珏（King-kok Cheung，1954－　)、王灵智（Ling-Chi Wang，1938－　)和黄秀玲（Sau-ling Cynthia Wong)等。对赵健秀提出的"英雄传统"，张敬珏撰文"《女勇士》对《中国男士》：美国华裔文学批评家一定要在女权主义和英雄主义之间做出选择吗"，从新的视角出发，论述了女权主义和英雄主义，颇有启发意义。张敬珏认为，随着女性研究向性别研究的转换，女性和男性同被置于同一研究领域，没有厚此薄彼；而且，女性作家正在"重新评价整个西方英雄主义准则"。她进一步建议，要把性别研究和族裔研究放在一起。随后，张敬珏做了这样的归纳："要在没有陷入传统约束的前提下恢复文化传统，要在没有落入二元对立的前提下批判刻板形象，要重新界定男子气概和女性气质。毫无疑问，所有这些都需要真正的英雄主义"（Skandera-Trombley，120）。王灵智则认为，在研究美国华裔文学时，人们常常离不开两个范畴，即同化模式和忠心模式。他从意识形态、理论和政策三个层面来分析，进而指出："很显然，这两种模式都具有简单化、片面性、偏见和不全面。两者都错误地认为，美国华裔是个同质整体"（Wang，158）。因此，他呼吁："要通过提高华裔意识和形成新的美国华裔属性，从这两种模式中解放出来。这才是美国华裔唯一的、合适的反应"（Wang，162）。黄秀玲从地位、正宗和代表性三个方面分析自传。她在"作为唐人街导游的自传？——汤亭亭的《女勇士》和美国华裔的自传论战"一文中写道："总体来说，自传存在于美国族裔文学的中心"（Skandera-Trombley，146）。她论述了自传的定义和与虚构小说的区别，辨证地指出："从族裔内部的角度出发，自传是保存行将消失的生活方式的很好方法，从而是赞颂文化延续和文化属性的很好方法;但是,从族裔外部的角度来说,所展示出来的东西,不管是有意还是无意,都是不可避免的"(Skandera-Trombley,157)。

这场论战的焦点是关于真实性。在《大哎呀!》中,赵健秀更加尖锐地指出,美国亚裔作家分成两类:正宗的和冒牌的。他指责冒牌作家歪曲亚洲和亚洲文化以迎合白人读者的口味。乍一看,这场争论似乎显得毫无必要,因为还有许多更加迫切的问题需要亚裔作家去解决。但是,仔细一想,它暴露了许多有趣的而又不可回避的问题:争论是否再现美国华裔作家的焦虑呢?他们能够按照自己的方式再现中国文化吗?如何再现呢?

布鲁姆认为,由于父辈作家的成就和影响,误读变成势在必行。为了避开时间上的迟来,后辈作家必须强劲,足以和父辈作家抗衡。正是影响的焦虑促使后辈作家前进。他指出:"诗学影响不会使得诗人失去独创性;它通常使得诗人更加具有独创性,尽管不一定使他们变得更好。诗学影响不能归纳成寻源探底或者意念的历史,或者意象模式"(AI,7)。父辈诗人的成就变成后辈诗人前进的绊脚石,使得他们焦虑不安,迫使他们脱离这种具有威胁性的影响。因此,后辈诗人学会通过误读和误现父辈诗人的作品,以改变时间上的迟来性和被动性。他们重新审视、重新评价和重新展现以前的作品,从而为自己的作品腾出想象的空间。他写道:"诗学影响,或者像我经常说的,诗学误读研究作为诗人的诗人的生命轮回,这是必不可少的"(AI,7)。这就像弗洛伊德所说的"家庭罗曼史"。撒旦与上帝作斗争,拒绝其派遣,坚持"宁为鸡首,毋为牛后"。这正是他能够继续斗争的关键。也就是说,如果他呆在天堂,处在上帝的直接影响之下,他也就失去继续斗争的战场。同样道理,如果后辈诗人坚持传统,墨守成规,他就很难有所创新。他的唯一出路就是走出父辈诗人的阴影,写出强劲作品。布鲁姆断言:"真正的诗学历史是作为诗人的诗人如何容忍其他诗人的历史……每一首诗都是对以前诗歌的误释。一首诗歌不是克服焦虑,而是焦虑本身"(AI,94)。

创造性误读是个艰难而复杂的过程,按照布鲁姆的观点,要通过六种修正比获得。①所谓的重新审视是指再看一遍或者重新瞄准,然后重新评定。布鲁姆说:"我们可以大胆地提出这一公式:修正主义者试图再看一遍,进而不同地评定,再'正确地'瞄准……再看一遍是一种限制,重新评定是一种代替,重新瞄准是一种再现"(MM,4)。再次审阅父辈诗人的作

---

① 六种修正比是:克里纳门、克诺西斯、魔化、阿斯克西斯和阿波弗拉兹,详见第一章第一节的"对抗式批评理论"。

品,后辈诗人发现一些新的、有用的东西。这种新发现其实是对以前作品的意思的新限制,规定这个文本只能这个意思,不能有其他意思。紧接而来的是重新评定。这是在新发现和以前评价的基础上,从而代替了以前的评价。最后,后辈诗人重新瞄准以前的作品,这就让他有机会以全新的视角将其再现。

就整个族裔而言,美国华裔作家有理由焦虑。由于在美国面临特殊的历史和处境,美国华裔迫切需要打破和挣脱强加在他们身上的静音。他们唯一能够运用的素材是中国文化,因为"美国华裔曾经饱受种族灭绝的移民政策之苦,被置于永久性客人的地位;他们必须添加一些不同的东西到美国生活中以维持自己的生计——通过有选择地保留令白人神往的中国传统文化和语言"(Skandera-Trombley,158)。这就是到现在为止,大部分美国华裔作家,如果不是全部的话,致力于两种文化冲突创作的原因。一个很好的例子是谭恩美(Amy Tan,1952-)的四本书都是关于华人母亲和美国女儿的关系。①

就个人来说,汤亭亭的压力很大。在她之前有两位著名的美国华裔作家——林语堂(1895—1976)和黄玉雪(1922—2006)。林语堂的双语和双重文化背景成为他创作的基石。他的《吾国吾民》(*My Country,My People*,1935)和《京华烟云》(*Moment in Peking*,1939)让他闻名遐迩。由于汤亭亭在美国长大,她所受中国文化的熏陶自然无法与林语堂抗衡。比她大一辈的黄玉雪仅以《华女阿五》便声名鹊起。汤亭亭高度评价了该书,称黄玉雪为"美国华裔文学之母"。这个评价一方面突出了黄玉雪的贡献和地位,另一方面也暴露了汤亭亭的焦虑。因为,在母亲面前,孩子总是孩子,尽管他/她迫切要求独立;面对"母亲",汤亭亭急于挣脱她的阴影。因此,她误读父辈作家的文体,通过"克里纳门"偏离自传。她书中的修正运动显示,在黄玉雪的自传发展到一定程度后,汤亭亭改变方向,让问题朝她的书的思路前进。同时,汤亭亭保留一些自传的痕迹,从而对抗性地完成对黄玉雪的再现,就像可以"用其他碎片重新补好容器的塔瑟拉"一样。汤亭亭的叙事逐渐发展,看起来不像自传。换句话说,她似乎放弃这种文体。她就是这样突然清空自己,通过"克诺西斯"与黄玉雪断裂。她将自己的叙事对黄玉雪的书敞开,朝个性化的逆升华方向发展,以

---

① 这个话题很有意思。美国华裔作家是不是只能局限于中国文化的背景和家庭故事呢?他们该不该拓宽思路和视野,从主流文化那里获得创作的素材和灵感呢?当然,最为重要的是激发作家灵感的经历和感觉。

对抗黄玉雪的升华。接着,她进入"意在达到孤独状态的自我净化"。她的叙事与其他的隔离,包括黄玉雪的。最后,汤亭亭运用一种完全不同于《华女阿五》的叙事手法完成《女勇士》。这既是虚构的,也是非虚构的;同时,这又是界于虚构和非虚构之间。通过误读,汤亭亭首先在文体上取得优先权。

汤亭亭并非第一个通过改变文体来释放内心的焦虑能量的作家。熟悉中国文学史的读者会发现,中国每个朝代都有其独特的主要文体,特别是从唐朝(618—907)以后更为明显。中国诗歌经过不断的完善,终于在唐朝发展到登峰造极,出现了以李白(701—762)、杜甫(712—770)、白居易(772—864)等为代表的伟大诗人。宋朝(960—1279)的文人深感在这一领域很难再有所作为,便转向另一文体——词。苏东坡(1037—1101)、李清照(1084—1156)等将其发挥到淋漓尽致。这样,元朝(1206—1368)的文人也就只得另辟空间,避开诗、词,发展了曲,使得元曲风靡一时。同理,明(1368—1644)、清(1616—1911)两朝的作家致力于小说的创作。这说明了后辈诗人为了避开影响和焦虑,不得不偏离父辈诗人,转向新的文体,尽管这种新文体本身就是影响和焦虑的产物。

二、变形的木兰

在重读和重写"木兰辞"时,汤亭亭发现一些有价值的东西,可以用于再现当时的社会关怀。这首诗大概完成于公元5世纪或者6世纪,从古到今之所以家喻户晓,不仅因其具有优美的语言、鲜明的意象、完整的结构和详细的描写,而且因其凸现了一个鲜明的主题——替父从军。小时候,汤亭亭的母亲经常给她讲故事,所以,她对花木兰替父从军的故事非常熟悉。

汤亭亭在《女勇士》中对"木兰辞"的误读发挥得淋漓尽致。她一开始便偏离原来的文本,构建她的美国华裔花木兰。"白虎山"中那位小女孩迷失在白色世界中:白兔、白虎和白雪覆盖的山峰。她唯一能够与外界联系的是老人的葫芦。它连接过去与现在,连接白人世界和华人家庭。小女孩跟老夫妇学习武功象征汤亭亭上英语学校,与白人学生一起读书。她7岁上山习武,22岁艺成下山,这正好与美国孩子上学的时间相吻合——7岁入学,22岁大学毕业。[①] 那对老夫妇希望用15年将小女孩训

---

① Cheng Lok Chua 对此作了详细的阐述,请参看林玉玲(Shirley Geok-lin Lim, 1944-   )主编的 *Approaches to Teaching Kingston's* The Woman Warrior,第146-150页。

练成勇士。然而,她的父母对此已经做好心理准备——他们的女儿终究要进入社会,自谋职业:

> "她已经走了,"我可以听到妈妈的话。"没想到这么快。""她一出生时你就知道她会离开的,"我爸爸回答道。"今年我们得自己采收马铃薯,她不能帮忙,"我妈妈说。(Kingston,27)

那位女孩已经步入白人社会。尽管她在外求学,尽管她不喜欢华人家庭教养,但是她很思念父母,无法挣脱中国文化的影响,诸如节日、红包等。

> 新年的早上,老人让我用水葫芦看看我的家人。他们正在享用一年中的大餐。我对他们朝思暮想,因为,我以前觉得他们视我为掌上明珠。每当大人把红包塞进我的口袋里,我都感觉到他们的手指带着一股暖流。(Kingston,35-36)

训练期间,小女孩告诉老夫妇,一只白虎在雪地上追她,她用棍子将其打跑。这一意象说明她已经学会自我防卫。随着时间的推移,这种自我防卫意识逐渐演变成保卫父母和村庄。她通过葫芦看清敌我,为她将来长大报仇做好准备。也就是说,汤亭亭慢慢地领会到谁是敌人,谁是朋友。这样,她长大后就能奋笔疾书,捍卫美国华人和华裔的利益,为他们发声。

汤亭亭十分清楚自己的族裔属性,特别强调她的中国文化继承和美国华裔属性。"我们现在称自己为中国人或者中国佬。但是,我们说'我是中国人'时,是为了与日本人分开。我们所说的我们是中国人,其实是美国华裔或者作为美国少数族裔的华裔的简称;修饰语'美国的'隐而不现"(Amirthanayagam,59-60)。这种强烈的美国华裔属性意识使得她能够再现和误写中国经典,将中国文化与美国文化进行杂交。

在《女勇士》中,我们随处都能找到中国文化的继承和变形的痕迹。那位小女孩跟随老夫妇学艺7年后,独自跑到老虎出没的地方,学习徒手生存的本领。有一天,她在森林中迷失方向,她的食物吃光了,自己一人望着火堆,回想起自己帮助母亲做饭。这时,一只白兔出现在她的眼前。双方对视之后,白兔朝着火堆奔去,在跳入火堆之前,白兔回头再看她一眼。一会儿后,白兔变成香喷喷的食物。"我把它吃了,知道白兔是为我而献身"(Kingston,32)。这一片段让人联想到兔子为菩萨舍身献肉的故事:一天,菩萨在荒郊野外饥饿不堪,所有的动物都给他献上食物,而兔子却两手空空。突然,它纵身跳入火堆,舍身献肉。菩萨教育其他动物说,只有像兔子那样无私忘我才能修成正果。那位女孩吃完兔肉后,突然明白本族人的历史,获得顿悟——"一瞬间看到几个世纪在她眼前晃过"

（Kingston，32）。这暗示汤亭亭在接受教育之后，突然明白自己的族裔属性。小女孩明白父母和国家的历史。接着，她进行最后一项训练——"我学会扩展思路，展得像宇宙那么大，这样，我的头脑就能容下各种矛盾"（Kingston，35）。汤亭亭通过接受教育懂得世界的多样性和复杂性，知道只有展开思路才能将其容纳。

中国的传说和故事等到了美国之后，在不同语境下被变形和误读。经过拼凑的新版本对中国读者来说显得陌生。汤亭亭的《女勇士》中的花木兰故事就是拼凑的结果。经过15年的训练，那位女孩回到家中，替父出征。她父母带她到家族祠堂，在她的背上刻写"报仇雪恨"。这样，"不管你走到哪里，不管你发生什么事，人们都会记得我们所付出的代价。你也就不会忘记"（Kingston，41）。这个情节来自家喻户晓的"岳母刺字"。汤亭亭把它嫁接到书中的女主人翁身上，让她变得更加强大。女主人翁在营房与丈夫团聚，并生下一子。白天，她把孩子裹在盔甲中，冲到战斗最激烈的地方；晚上，她在帐篷里和孩子嬉戏玩耍。她所带领的军队所向披靡。他们攻克北平（现在的北京），将皇帝送上断头台，拥立农民头领为新君。回家之后，木兰单枪匹马，攻占本村恶霸的堡垒，为村民报仇。接着，她回去与丈夫团聚。他们俩补办战时没来得及举行的婚礼。她说道："我现在已经完成任务，要和你长相厮守，下地干活，勤做家务，为你多生儿子"（Kingston，53－54）。

新版的花木兰新颖离奇。唯一能让读者看到花木兰影子的是她在军营中神不知鬼不觉地女扮男装。换句话说，这根本就不是原版的花木兰。这正是一个有创造力作家所该做的文学创作。汤亭亭是个作家，需要运用想象力重构作品，而不是要做忠于原文的翻译家。对于强劲作家，误读必不可少。后辈诗人的成长与诗学影响密不可分，而诗学影响"总是伴随着对父辈诗人的误读"（AI，30）。"强劲诗人通过互相误读来书写诗歌历史，以便为他们自己腾出想象的空间"（AI，5）。汤亭亭做了离奇的"克里纳门"，把她自己以及她的作品与父辈诗人以及父辈诗人的作品分开。"强劲诗人与父辈诗人之间的克里纳门是通过后辈诗人获得的。现代诗歌的真正历史是对这些修正性偏离的准确记载"（AI，44）。因此，"如果要有另一首诗的话，那么，对于一首诗的错误理解势在必行"（KC，97）。

这样，汤亭亭窜改"木兰辞"的动机十分清楚，而且是可以理解的——保持作品的独创性和独特性。布鲁姆指出，"要想继续作为诗人，他需要朦胧的雾气罩住他，让人看不到第一次启发他灵感的东西"（MM，199）。

汤亭亭需要与众不同,因为她希望能够成为具有影响力的强劲诗人。如果她阐释准确,她只能算是合格翻译员,而不是具有独创性的作家。

汤亭亭通过误读,将影响的焦虑转化成动力,创造出别具一格的美国华裔花木兰。花木兰就是汤亭亭,或者至少是汤亭亭的替身。就像莎士比亚偷听了哈姆雷特一样,汤亭亭偷听了花木兰——"愿为市鞍马,从此替爷征。"汤亭亭的父亲在中国是个落魄的书生,在美国是个穷困潦倒的洗衣工,无法捍卫自己的族裔性。作为在美国出身的长女,汤亭亭接过其父的接力棒,以焦虑为动力,以误读为武器,创造了美国华裔神话,打破美国霸权话语,进入美国主流文化的殿堂。

第五章

与大师对话

　　2001 年至 2002 年,笔者获得国家留学基金委的资助,有幸前往美国耶鲁大学比较文学系从事博士后研究,师从哈罗德·布鲁姆教授,专攻美国亚裔文学,不仅聆听了布鲁姆的课程,而且每星期都到他家中,边喝咖啡边向老教授汇报一星期来的读书心得,请教一些问题,与他讨论一些热门话题,以近距离的方式进一步窥探大师丰富而复杂的内心世界,被他那渊博的知识和健谈所折服。现将谈话的部分重要内容整理出来,以飨读者。

张龙海博士(以下简称"张"):布鲁姆教授,弗洛伊德的心理分析理论对文学批评起了巨大的推动作用。从传统上来看,心理分析从三个层面来分析文学作品,如作者的思想、作者笔下人物的思想和读者阅读文本时的思想。这三个层面所研究的侧重点不同。您的对抗式批评从某种意义上来说是弗洛伊德心理批评的隐喻性变异。这一理论的切入点是您所创造的"迟来",将文学影响比作父子关系。弱势诗人只能模仿其父辈诗人,而强势诗人却能奋起抗争,挑战父辈诗人,形成俄狄浦斯式的对抗。这一理论本身具有说服影响力。如桑德拉·吉尔伯特(Sandra Gilbert)和苏珊·格巴(Susan

Gubar)在分析《阁楼里的疯女人》(*The Madwoman in the Attic*,1979)时就将您的方法用于女性主义批评。那么您如何看待这一理论及其应用?

布鲁姆(以下简称"布"):你说得不错。弗洛伊德理论对文学作品及其研究产生巨大的影响,其中之一便是对《影响的焦虑》(*Anxiety of Influence*,1973)的影响。所谓的"迟来"是指后辈诗人觉得父辈诗人已经写尽一切有价值的东西,再也没有进一步创造的空间,因此觉得进退两难。这些"儿子"不得不"杀死"或者"阉割"他们的父辈诗人,为自己的写作腾出空间。这些强劲诗人先是敬佩、模仿先辈诗人,接着拒绝、置换他们,最后通过误读父辈诗人的作品,赋予崭新的意义,如华兹华斯对弥尔顿,雪莱对华兹华斯,华莱士·斯蒂文斯对惠特曼等。当然,有些读者对《影响的焦虑》理解不到位。其实,影响焦虑并非侧重父辈诗人,而是侧重故事、小说、戏剧和诗歌中所取得的焦虑。后辈诗人可能或者可能没有内化这种焦虑。然而,这无关紧要。重要的是一首强劲诗歌就是取得的焦虑。"影响"是一种隐喻,暗示各种关系的准则,如意象上、气质上、神韵上和心理上等。所有这些本质上是防御性的。至关重要的是:影响的焦虑源自强劲误读的各种行为的综合体。这就是我所说的"诗学误读",即富有创造性的阐释。作者所经历的焦虑,他们作品所表达的思想,都是诗学误读的结果,并非诗学误读的原因。任何一部伟大的文学作品都是创造性的误读,从而误释父辈诗人的作品;一部强劲的成功之作便是焦虑。影响的焦虑会使弱势作家一筹莫展,但是却能激发天才作家。

张:您是一位多产的批评家,到目前为止已经发表专著 25 部[①],编写、撰写引言的书更是不计其数。我想将您的成就分成四个阶段,即早期的浪漫主义诗歌批评、七十年代的对抗式诗学影响理论、八十年代的宗教研究和九十年代以来的正典捍卫等。这个总结如何?

布:对我来说,这四个阶段倒是挺合适的。早期的我受到我的导师浪漫主义批评家 M·H·艾布拉姆斯的影响,对浪漫主义诗歌的研究情有独钟。哦——对了,我仍然十分敬重我的良师,很高兴他还健在。当时新批评非常盛行,贬低、排斥浪漫主义,而我认为想象才是文学作品的生命力。《影响的焦虑》虽然发表于 1973 年 1 月,但是初稿却是写于 1967 年夏天,初稿完成之后,我一再修改,一改就是五年。读

---

① 这是截至 2002 年的数字。最近几年,布鲁姆仍然辛勤耕耘,截止 2010 年,他已发表 31 部专著。

者对此书的接受程度令我感到欣慰,尽管这种接受有两种不同声音。我对宗教的兴趣可以说是业余的,在研究的过程中,我发现诺斯替主义就是我们的知识。当然,我在《J 之书》中提出,希伯拉文的《圣经》出自所罗门国王宫廷中的女士之手。尽管宗教界人士对此提出批评,我还是坚持我的观点。正典研究源于对当今文学批评界的忧虑。对了,你是说要在 8 月(2002 年)回到中国,是吗? 只可惜《天才》要等到 12 月才能出版。不过不用担心,我这里有一本校对版本,让你先带回去。不仅在中国,还是在美国,在全世界,你可是第一位拥有此书的人。

张:非常感谢。在戴维·H·里查特(David H. Richter)主编的《批评传统:经典文论和当代流派》(*The Critical Tradition: Classic Texts and Contemporary Trends*,1998)中,您被归入心理分析批评流派,有的学者因为您是"耶鲁四人帮"之一而将您归入解构主义阵营,有的因为您的理论中的"误读"而将您并入"读者反应论"中。您认为这种归类合适吗? 或者您认为自己的理论属于哪个流派?

布:不,我不属于任何一个流派,既不是解构主义、读者反应论,也不是心理分析批评,我属于我自己。你应该知道我与保尔·德曼之间的分歧。他和其他解构主义者强调语言意义的不稳定性,而我却认为作家想象力应该独立于语言之外。我们两人经常争论不休,各不相让,这也就是我为什么于 1977 年离开耶鲁大学英语系,前往耶鲁大学人文中心。我的"误读论"并非指读者和文本之间的相互作用所产生的文本意义和价值,而是一种更为对抗性的批评,一种诗人与诗人之间相互对抗的批评。我的理论受到尼采和弗洛伊德的影响,我吸收尼采的对抗论和弗洛伊德的防御论,但是不能说是心理分析批评。

张:我经常听您提到"厌恶学派"(the School of Resentment)。好像您对他们持不同的看法。您能否具体谈一下?

布:创意等同于个人能力、个人独立和竞争,这可不称一些人的心:女权主义者、马克思主义者、受福柯影响的新历史主义者,或者解构主义者。我称这群人为厌恶学派。他们旨在消除莎士比亚的独特性,给予我们的是简化的莎士比亚,以展示他们的文化唯物主义,这完全是英国文艺复兴时期的"社会能量"的产物。爱默生的说法十分正确:没有语境,甚至没有戏院,能够限制莎士比亚,因为他写的是现代生活。他不仅创造我们,而且还容纳我们。所有厌恶学派分子认为,国家的权力至高无上,而个人的主体性却是微不足道。由于害怕当时没有理性的社会秩序,英国文艺复兴时期的剧作家要么变成时代的保护者,要么变成时代的颠覆者,或者二者兼而有之,但是他们却陷入一种不能自拔的讽刺:他们的文本颠覆了国家政权。令人惊讶的是,这种政权依赖剧院。我们以前所说的"想象文学"与文学影响密不可分,与国家政权的关系却是十分脆弱。如果现在的判断准则要从目前的文化简化中幸存下来,那么我们需要重新规定,高雅文学完全是美学的获得,并非国家宣传,即使文学可以被用来、曾经被用来、毫无疑问将来还会被用来服务于国家、社会阶级、宗教、男性抑制女性、白人镇压黑人、或者西方抑制东方等。一些人自欺欺人,他们超越文学本身来谈论理论,坚持美学本身就是一种意识形态,说他们在为世界上受污辱和伤害的人呐喊,否定莎士比亚的美学,或者他们坚持任何美学成就只是资产阶级神秘化。厌恶学派分子真正厌恶的不是国家权力,而是莎士比亚的权力,莎士比亚的创造权力。文学影响的最大真实性是它是一种无法抵制的焦虑。莎士比亚不会允许你埋没他,逃避他,或者替代他。我们与莎士比亚的真实关系是,要想将他历史化或者政治化将会无功而返,因为我们受他的影响实在太大。

张:上课时您常说,莎士比亚等同于诗学影响,也就是说他是西方文学正典。那么,是否可以说我们的美学价值取向源于莎士比亚?

布:实际上,莎士比亚的美学优越制约我们的文学评判标准。我们体制的痼疾是逃避或者压抑美学。四个世纪以来,莎士比亚的美学优越已经得到全球的认可,这完全是因为他那超然的美学权力对任何一个意识形态来说都是一种耻辱。目前的厌恶学派认为,所谓的美学价值来自阶级斗争。这条原则太笼统,无法完全驳斥。逃避美学的结果是把美学变成意识形态或者形而上学,人们再也不能把一首诗当成诗歌来读,因为它首先是社会文件。对于这种方法,我坚决抵制,敦促尽可能全面地、纯洁地保护诗歌。我个人坚信,个人和自我是理解美学价值的唯一方法和全部标准。但是,我不得不说个人和自我是与社会相对的。理解美学价值的自由来自阶级矛盾,但是美学价值并不等同于自由,即使在没有理解的情况下也能获得。

张:但是,读者要想抛开当下的社会状态来谈阅读,这恐怕很难吧。

布:我个人认为,美学取向决定正典形成的方方面面。但是在当下的政治化中,要想维持这个意见很难。西方正典的最重要原则莫非就是取向,即严格按照艺术标准。而那些反对者却声称,正典的构成总是涉及意识形态。他们进一步指出,成为正典本身是一种意识形态行为。西方的超一流作家不仅颠覆他们的所有价值,而且还颠覆我们的所有价值。那些敦促我们从柏拉图寻找我们的道德和政治源流的学者脱离我们所生活的现实。如果我们阅读西方正典的目的是为了构建我们的社会、政治和个人道德的各种价值,我坚信我们会变成自私自利、剥削他人的魔鬼。为了任何意识形态的阅读根本不是阅读,接受美学权力可以让我们学会如何跟自己交谈,如何忍受自己。莎士比亚、塞万提斯、荷马、但丁和乔叟等的真正作用是扩增我们不断增长的自我。深入阅读正典不会使人日趋完善,成为更有用处的公民,也不会使人穷凶极恶,变成为害一方的恶人。思维自身的对话首先不是社会现实。西方正典能够带给人们的是恰到好处地运用个人的孤独。这种孤独的最终形式是直接面对自己的死亡。

张: 由于各种批评流派的盛行,如解构主义、女权主义、新马克思主义和新历史主义等,您有时觉得失望,认为您在捍卫美学的自主性时很孤单,是吗?

布: 正典的一条古老准则现在仍然行之有效:除非一部部品需要再阅读,否则它称不上正典。一位批评家可能有政治义务,但是他的首要义务是再次提出那个古老论战的主要问题:超出,低于,等于? 美学批评使我们回到想象文学的自立性和孤独心灵的独立性。读者不再是社会中的个人而是一个深层的自我和灵性。而我们现在正在以社会公正的名义损害人文学科和社会科学中的知识和美学标准。

张: 现在,文化批评成为热门话题,您如何看待文学批评和文化批评的关系?

布: 美学是一种个人关怀,而不是社会关怀。文学批评是一门古老的艺术。正如布鲁诺·斯内尔(Bruno Snell)所说的,文学批评的创始人是亚里斯托芬(Aristophanes)。作为一门艺术,文学批评,过去总是、将来也总是一种精英现象。文化批评是另一门社会科学,沉闷无趣。我意识到,通俗文化和自称是"文化批评"暗中结成了某种联盟。我们现在所处的时代是所谓的"文化批评"时代,它贬低所有想象主义,特别排斥莎士比亚。政治化文学研究已经损害文学研究,也可能会损害知识本身。有人认为文学批评会成为民主教育或者社会改良的基础,这种认识是错误的。当我们的英语系和其他文学系缩小到我们目前的经典系的层面,把更为粗俗的功能性让与文化批评的大军之时,我们也许就能够回到莎士比亚等人的研究上来。

张: 您特别喜爱莎士比亚,在创作《影响的焦虑》时没有把他包括进去是因为他属于巨人时代，那时影响的焦虑尚未成为诗学意识的中心。另一个原因是戏剧形式与诗歌形式不同。而最主要的原因是作为莎士比亚的重要影响者，马洛显得微不足道。后来在新版的序言中，您提及莎士比亚对马洛的误读。您能否对此详细谈论一下？

布： 莎士比亚创造我们，而且还要继续不断地阐释我们。如果我们说有哪位作家能成为世间的上帝，那就非莎士比亚莫属。他具有全球性（universalism）。上帝是《圣经》的中心，而莎士比亚是西方正典的中心，所有这些都是毋庸置疑的。马洛仅比莎士比亚年长两个月，两人同是艺人之后，接受过大学教育。但是从 1587 年开始，马洛已经是伦敦的最主要剧作家，他不断创作，直到 1593 猝死，年仅 29 岁。然而，莎士比亚 1587 年刚从斯特拉夫德前往伦敦，先当印刷学徒、提词员的助手、演员，最后才转向写作。马洛对演艺嗤之以鼻，因为当时演员的地位尚有争议。与他们同时代的另一个伟大剧院作家本·约翰逊（Ben Johnson）在创作生涯巩固之后便放弃演艺，而莎士比亚却没有。我们知道他扮演《哈姆雷特》中的鬼魂，《如愿》中的老亚当等。我们称之为"人物演员"（character actor）。他可能到 40 岁才放弃演艺，也就是在他创作《一报还一报》和《奥赛罗》的时候。莎士比亚和马洛共同为伦敦剧院创作长达四年之久，因此，没有理由不相信他们两人彼此认识。马洛对莎士比亚产生一定的影响，这在莎士比亚的《亨利六世》、《理查德三世》、《泰特斯·安庄尼克斯》和《理查德二世》中处处可见。其中，《泰特斯·安庄尼克斯》中理查德三世和摩尔人艾伦完全是马洛的风格。进入悲剧创作之后，莎士比亚的作品已经完全升华，进入美学境地。马洛的人物刻画没有进展，而莎士比亚却致力于人物刻画，将各种人物的内心世界描写得淋漓尽致，他不愧是我们的心理学家。莎士比亚吞下马洛，就像鲸鱼吞下小鱼米一样。那么是什么样的马洛能够对莎士比亚影响长达六年之久？众所周知，作为伊丽莎白时代戏剧的创新者，马洛的决定性地位毋庸置疑。他那高贵修辞中的宏大句子和把剧院从神学道德中解放出来等无疑影响了莎士比亚。写于 1599 年的《如愿》是莎士比亚对马洛的最后告别，其中几乎找不到马洛的影子。马洛是个"大学才子"，在社交场合上远远胜过莎士比亚，因此可以说他一直激励着莎士比亚。1605年，莎士比亚在《李尔王》中的艾德曼身上对马洛作最后一瞥，便义无反顾地进入自己悲剧和浪漫剧的创作。所以我们可以说，艾德佳杀死艾德曼就象征莎士比亚结束马洛。哈姆雷特开始登场之时，便是马洛退下之日,再也见不到他的影子,他再也没有困扰莎士比亚,因为莎士比亚已经超越他。莎士比亚偏离马洛,创造出卓越的作品,这就是诗学影响之路。

张: 我在听您上课时,发现您对莎剧中的人物很有感情,特别是哈姆雷特、福斯塔夫和伊阿古等。您为什么如此钟爱他们呢?

布: 莎士比亚的人物刻画无人能比,在这之前和之后,没有人能够创造这么多栩栩如生、形象各异的个性人物。他的人物不是展现出来,而是发展,因为这些人物能重新塑造自己。莎士比亚的天才在于给创造出来的人物赋予形形色色的个性和各种各样的会话风格。这种超然的能力无法解释。为什么他的人物那么逼真? 他又是如何说得条条是道? 从历史化考虑可能无法回答上述问题。在莎剧的世界中,理想至关重要,不管是社会的还是个人的。文艺复兴强调加入某些个性化的东西,某些超出我们自己的方面,还有压力和焦虑。这样,在人物和个人理想刻画方面,莎士比亚就变成首屈一指的。福斯塔夫和哈姆雷特这两个人物体现上帝的恩赐,同时也是莎士比亚对大自然的最好回报。对哈姆雷特来说,自我是一种万丈深渊,是虚无的混沌,而对福斯塔夫来说,自我无所不包。夏洛克那种履行契约的意志令人惊叹。哈姆雷特和福斯塔夫的个性没有极限。他们举止诙谐,感情丰富,语言精彩漂亮,令人捧腹大笑,所有这些使得《亨利四世》和《哈姆雷特》成为"没有极限的戏剧。"

张: 您的"体现在作家身上的作品",我应中国一家期刊主编之约译成中文①。您在里面写道,作品和作品中的人物体现作家,这是一个古老的问题。但是如果把这个问题颠倒过来,变成作家如何体现作品,也就是说,作品及其人物如何影响作家。我觉得这种逆向思维很有启发性和创造性。您是如何看待莎士比亚受到哈姆雷特和福斯塔夫的影响?

布: 莎剧中的人物改变了莎士比亚的艺术生涯,影响了后来的创作。在遭到哈尔的抛弃和毁灭之前,福斯塔夫身上的精力无穷无尽。他不知疲倦,非常诙谐,令人开心。哈姆雷特也是一样,只不过是他的无穷无尽的精力是一种诅咒。福斯塔夫的散文天才在马尔弗里奥的身上得到再现,他的隐秘的洞察力通过费斯特的忧郁诙谐得到进一步发展。哈姆雷特灵活多变,这感染、影响了伊阿古和艾德曼。福斯塔

---

① 2001年王宁教授到耶鲁大学讲学,得知笔者求学于布鲁姆,便邀笔者为其主编的期刊翻译一篇布鲁姆的文章。

夫的自我意识和驾驭语言的能力无人能比。哈姆雷特也有同样强烈的自我和丰富的语言。这些人物可以从晚期的莎士比亚及其作品中看到他们的影子。虽然人们尚未研究作家对其自己的影响，但是可以肯定，这种影响是和焦虑分不开的。已经完成的作品不仅影响作者的生活，而且还影响其以后的创作。例如，《达洛威夫人》(*Mrs. Dalloway*, 1925) 和《到灯塔去》(*To the Lighthouse*, 1927) 对伍尔芙 (Virginia Woolf, 1882－1941) 的后期作品具有一定的影响。这种自我影响总是与莎士比亚创造的自我偷听紧密相连。

张：您在耶鲁大学一教就是将近四十年 (截至 2002 年)，这在移动性很强的美国实属罕见。是什么力量支持着您这么做？

布：我对纽黑文情有独钟。我在这里认识了珍妮，与她结婚，有个幸福的家庭，尽管我们的两个儿子住在纽约，但他们经常回来，我们也经常过去。耶鲁的学生活泼可爱，知识面广。你知道，和你一起来上我的课的不仅有英语系的、比较文学系的学生，而且还有理科、工科学生，如数学系、自动化系等，他们经常让我想起以前美好的学生时代。我的学生当中，亚裔学生特别勤奋，而且很讲感情，毕业以后还保持联系。真的，我不是因为你才这么说的。现在亚裔群体发展很快，他们本身的文化会助他们一臂之力，让他们更容易成功。如果说现在的美国是犹太裔独领风骚，那么，我敢预言，下一代的美国，也就是二三十年后，亚裔将会叱咤风云。

张：中国学术界对您高山仰止，如清华大学的王宁教授和南京大学的朱刚教授等都希望您到中国讲学，不知您是否有此意向？

布：中国是个文明大国，中国学者出类拔萃。我今年五月份去西班牙，飞机上的劳累实在受不了。对了，当时我还辛苦你来我这里住了十天，帮我看房子。你记得我从西班牙回来后花了一个多星期才逐渐从旅途的劳累中恢复过来。日本学者也一直邀请我过去。要是年轻十岁，我会去这个我向往已久的国家。只可惜，现在老了，力不从心。

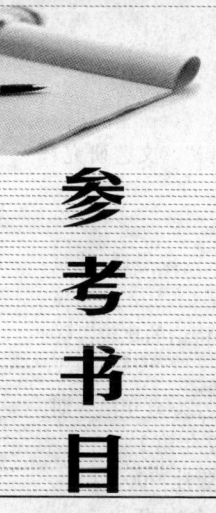

参考书目

一、中文部分

蔡清富等著：《毛泽东与中国古今诗人》，长沙：岳麓书社，1999 年。

陈晓明："'憎恨学派'或'后左翼'的新生"，《当代文坛》，2006 年第
　　1 期。

"《东方红》词作者另有其人"，http://www.360doc.com/content/10/
　　0214/10/496429_15808629.shtml。

公木：《毛泽东诗词鉴赏》，长春：长春出版社，2001 年。

冯寿农：《文本　语言　主题——寻找批评的途径》，厦门：厦门大学出
　　版社，2001 年。

哈罗德·布鲁姆：《影响的焦虑》，徐文博译，北京：三联书店，1989 年。

——：《批评、正典结构与预言》，吴琼译，北京：中国社会科学出版社，
　　2000 年。

——："体现在作家身上的作品"，张龙海译，《南方文坛》，2002 年第 1 期。

胡宝平："论布鲁姆'诗学误读'"，《国外文学》，1999 年第 4 期。

——："诗学误读　互文性　文学史"，《国外文学》，2004 年第 3 期。

——："布鲁姆诗学误读理论与互文性的误读"，《外语教学》，2005 年第
　　2 期。

胡为雄编著：《毛泽东诗词鉴赏》，北京：红旗出版社，2002 年。

黄应全："如何构想新审美批评？——评哈罗德·布鲁姆的《西方正
　　典》"，《文艺研究》，2006 年第 3 期。

江宁康："评当代美国文学批评中的唯美主义倾向——哈罗德·布鲁
　　姆的文学批评思想研究"，《江苏社会科学》，2005 年第 3 期。

——："文学经典的传承与论争——评哈罗德·布鲁姆的《西方正典》"，《文艺研究》，2007 年第 5 期。

金元浦：《接受反应文论》，山东教育出版社，1998 年。

拉曼·塞尔登、彼得·威德森、彼得·布鲁克：《当代文学批评导论》，刘象愚译，北京：北京大学出版社，2006 年。

李红艳："诗的误读与'夺胎''换骨''点铁成金'——黄庭坚与布鲁姆诗论的比较"，《河池师专学报》，1993 年第 2 期。

罗杰鹦："近 15 年来我国哈罗德·布鲁姆理论研究"，《外国文学研究》，2006 年第 3 期。

——："哈罗德·布鲁姆理论在中国的接受与研究"，《思想战线》，2007 年第 1 期。

迈克尔·莱恩：《文学作品的多重解读》，赵炎秋译，北京：北京大学出版社，2006 年。

莎士比亚：《莎士比亚全集》，梁实秋译，海拉尔市：内蒙古文化出版社，1995 年。

盛宁：《十二世纪美国文论》，北京：北京大学出版社，1994 年。

王逢振："怪才布鲁姆"，《外国文学》，2000 年第 6 期。

王宁："哈罗德·布鲁姆和他的修正式批评理论"，《南方文坛》，2002 年第 1 期。

卫凌："《东方红》的曲调来源"，《河东学刊》，2004 年第 1 期。

徐静："哈罗德·布鲁姆访谈录"，《外国文学研究》，2006 年第 5 期。

章国锋、王逢振主编：《二十世纪欧美文论名著博览》，北京：中国社会科学出版社。

张龙海：《属性和历史：解读美国华裔文学》，厦门：厦门大学出版社，2004 年。

——："哈罗德·布鲁姆访谈录"，《外国文学》，2004 年第 4 期。

——："哈罗德·布鲁姆与对抗式批评"，《国外理论动态》，2005 年第 1 期。

张跃军、古克平："布鲁姆早期浪漫主义诗歌理论初探"，《山东外语教学》，2004 年第 3 期。

张中载："误读"，《外国文学》，2004 年第 1 期。

赵一凡：《美国文化批评集》，北京：三联书店，2004 年。

中国社会科学院语言研究所词典编辑室：《现代汉语词典》（第 5 版），北京：商务印书馆，2005 年。

二、英文部分

Allen, Graham. *Harold Bloom: A Poetics of Conflict*. New York and London: Harvester Wheatsheaf, 1994.

Amirthanayagam, Guy, ed. *Asian and Western Writers in Dialogue: New Cultural Identities*. New York: The Macmillan Press Ltd., 1982.

Bloom, Harold. *The Anxiety of Influence: A Theory of Poetry*. New York: Oxford University Press, 1973.

——. *A Map of Misreading*. New York: Oxford University Press, 1975.

——. *Kabbalah and Criticism*. New York: Seabury Press, 1976.

——. *Poetry and Repression: Revisionism from Blake to Stevens*. New Haven and London: Yale University Press, 1976.

——. *Wallace Stevens: The Poems of Our Climate*. Ithaca and London: Cornell University Press, 1977.

——. ed., *Deconstruction and Criticism*. New York: Seabury Press, 1979.

——. *Agon: Towards a Theory of Revisionism*. New York: Oxford University Press, 1982.

——. *Shakespeare: The Invention of the Human*. New York: Riverhead Books, 1994.

——. *The Western Canon*. New York: The Berkley Publishing Group, 1994.

——. *How to Read and Why*, New York: Scribner, 2001.

——. *Genius: A Mosaic of One Hundred Exemplary Creative Minds*. New York: Warner Books, 2002.

——. *Hamlet: Poem Unlimited* New York: Riverhead Trade, 2004.

——. *Where Shall Wisdom Be Found*, New York: Warner Books, 2004.

——. *The Best Poems of the English Language: From Chaucer Through Frost*. New York: Harper, 2004.

——. *Jesus and Yahweh: The Names Divine*. 2005.

——. *American Religious Poems: An Anthology*. New York: Library of America, 2006.

——. *Till I End My Song: A Gathering of Last Poems*. New York: Harper, 2010.

Cheung, King-kok. *Articulate Silences*. Ithaca: Cornell University Press, 1993.

Clayton, Jay and Eri Rothstein. ed. *Influence and Intertextuality in Literary History*. Wisconsin and London: Wisconsin University Press, 1992.

de Bolla, Peter. *Harold Bloom: Towards Historical Rhetorics*. New York and London: Routledge, 1988.

Fite, David. Harold Bloom: *The Rhetoric of Romantic Vision*. Amherst: Massachusetts University Press, 1985.

Godzich, Wlad. "Harold Bloom as rhetorician", *Centrum*. 1978.

Gould, Warwick. "A Misreading of Harold Bloom", *English*. 1977.

Kim, Elaine H. *Asian American Literature: An Introduction to the Writings and Their Social Context*. Philadelphia: Temple University Press, 1982.

Kincaid, James R. "Antithetical Criticism: Harold Bloom and Victorian Poetry", *Victorian Poetry*. 1976.

Kingston, Maxine Hong. *The Woman Warrior: Memoirs of a Girlhood Among Ghosts*. New York: Vintage Books, 1975.

Lim, Shirley Geok-lin. ed. *Approaches to Teaching Kingston's* The Woman Warrior. New York: The Modern Language Association of America, 1992.

Man, Paul de. *Blindness and Insight: Essays in the Rhetoric of Contemporary Criticism*. London: Methuen, 1983.

Richter, David H. *The Critical Tradition: Classic Texts and Contemporary Trends*. Bedford/St. Martin's, 2nd edition, 1997.

Scherr, Barry J. *D. H. Lawrence's Response to Plato: A Bloomian Interpretation*.

New York: P. Lang, 1995.

Sellars, Roy and Graham Allen, ed. *The Salt Companion to Harold Bloom*, Cambridge: Salt, 2007.

Shakespeare, William. *The Tragedy of Romeo and Juliet*. Washington: Washington Square Press, 1977.

Skandera-Trombley, Laura E. ed., *Critical Essays on Maxine Hong Kingston*. New York: G. K. Hall & Co., 1998.

Wang, Ling-Chi, "The Structure of Dual Domination: Toward a Paradigm for the Study of the Chinese Diaspora in the United States," *Amerasia Journal*. 21:1 & 2, 1995.

Wen, Su. ed. "The Ballad of Mulan,"*Selected Readings of Chinese Poems in English*. Beijing: Foreign Language Teaching and Research Press, 1989.

Wong, Sau-ling Cynthia. *Reading Asian American Literature: From Necessity to Extravagance*. New Jersey: Princeton University Press, 1993.

Wyatt, David. "Bloom, Freud, and America", *The Kenyon Review*. 1984.

哈罗德·布鲁姆
大事记

1930 年 7 月 11 日　出生于纽约,父母威廉·布鲁姆(William Bloom)和宝拉·列芙(Paula Lev)均为犹太人,从俄罗斯移居到美国。布鲁姆在孩提时代讲意第绪语(Yiddish)。

1947 年—1951 年　康涅尔大学本科生,师从艾布拉姆斯(M. H. Abrams),获学士学位。

1951 年—1955 年　耶鲁大学研究生,获博士学位。

1954 年—1955 年　剑桥大学富布莱特访问学者。

1955 年—1960 年　毕业后留耶鲁大学英语系任教,讲师。

1956 年　《雪莱的神话创造》获得耶鲁大学约翰·艾迪森·波特奖(John Addison Porter Prize)。

1958 年　在纽黑文与珍妮·古德(Jeanne Gould)完婚。

1959 年　第一部专著《雪莱的神话创造》(Shelly's Mythmaking)出版,标志布鲁姆进入其研究生涯第一阶段——浪漫主义诗歌批评。

1960 年—1963 年　耶鲁大学英语系任教,副教授。

1961 年　《虚构导读:阅读英国浪漫主义诗歌》(The Visionary Company: A Reading of English Romantic Poetry)出版;编写《英国浪漫主义诗歌选集》(English Romantic Poetry, An Anthology),与约翰·霍兰德(John Hollander)合编《风和雨》(The Wind and the Rain)。

1962 年　获得古珍黑姆奖(Guggenheim)。

1963 年　《布莱克的启示：诗歌讨论研究》(*Blake's Apocalypse: A Study in Poetic Argument*)出版。

1965 年　编写《约翰·拉斯金文学批评》(*The Criticism of John Ruskin*)，与弗雷德雷克·W·希勒斯(Frederick W. Hilles)合编《从理性到浪漫主义：致弗雷德雷克·A·波特论文集》(*From Sensibility to Romanticism: Essays Presented to Frederick A. Pottle*)。

1965 年—1974 年　耶鲁大学英语系任教，教授。

1965 年—1966 年　布莱德洛夫·桑莫学校瓦曼特分校(Breadloaf Summer School at Vermont)访问学者。

1966 年　编写《雪莱诗选》(*Percy Bysshe Shelley, Selected Poetry*)。

1967 年　获得牛顿·阿文奖(Newton Arvin)。

1968 年—1969 年　康涅尔大学访问学者

1970 年　《叶芝》(*Yeats*)出版；编写《享乐主义者瓦尔特·霍拉修·帕特：他的情感和理念》(*Walter Horatio Pater, Marius the Epucurean: His Sensations and Ideas*)、《浪漫主义和意识：批评文集》(*Romanticism and Consciousness: Essays in Criticism*)。

1971 年　《塔中鸣钟者：浪漫主义传统研究》(*The Ringers in the Tower: Studies in Romantic Tradition*)出版；《叶芝》获得梅尔韦尔·克恩奖(Melville Cane)。

1972 年　编写《萨缪尔·泰勒·柯勒律治诗选》(*Samuel Taylor Coleridge, Selected Poetry*)、《美国文学中的浪漫主义传统》(*The Romantic Tradition in American Literature*)(共 33 卷)。

1973 年　《影响的焦虑：诗歌理论》(*The Anxiety of Influence: A Theory of Poetry*)出版，标志布鲁姆进入其研究生涯第二阶段——诗学影响理论研究；美国国家图书奖(National Book Award)评委；与莱昂列尔·特里宁(Lionel Trilling)合编《浪漫主义时代的散文和诗歌》(*Romantic Prose and Poetry*)和《维多利亚时代的散文和诗歌》(*Victorian Prose and Poetry*)；与弗兰克克·莫德(Frank Kermode)、霍兰德(Hollander)等合编《牛津英国文学选集》(*Oxford Anthology of English Literature*)(两卷)。

1974 年　编写《瓦尔特·帕特选集》(*Selected Writings of Walter Pater*)。

1974 年—1977 年　离开耶鲁大学英语系，任职于耶鲁大学人文中心，被聘为"德·凡纳教授"。

1975 年　《卡巴拉和批评》(*Kabbalah and Criticism*)、《误读之图》(*A Map of Misreading*)出版；为《如此王国：1952—1971 年诗集》(*Somewhere Is Such a Kingdom: Poems 1952 - 1971*)撰写导论。

1976 年　《诗歌与压抑:从布莱克到史蒂文斯的修正论》(*Poetry and Repression: Revision from Blake to Stevens*)、《强劲想象的比喻》(*Figures of Capable Imagination*)出版。

1977 年　《华莱士·斯蒂文斯:我们时代的诗歌》(*Wallace Stevens: The Poems of Our Climate*)出版。

1979 年　《飞往鲁茜弗:诺斯替幻想》(*The Flight to Lucifer: A Gnostic Fantasy*)出版;编写《解构主义和批评》(*Deconstruction and Criticism*);与阿德里纳·缪尼克(Adrienne Munich)合编《罗伯特布朗宁:批评文集》(*Robert Browning: A Collection of Critical Essays*)。

1981 年　《冲突:迈向修正主义理论》(*Agon: Towards a Theory of Revisionism*)、《容器破裂》(*The Breaking of the Vessels*)出版;与戴维·V. 俄德曼(David V. Erdman)合编《威廉布莱克全集》(*The Complete Poetry and Prose by William Blake*)。

1982 年　获得美国艺术文学学院渣贝尔奖(Zabel Prize);为《论圣经:马丁·布波的十八篇论文集》(*On the Bible: Eighteen Studies by Martin Buber*)撰写导论。

1982 年—1984 年　纽约社会研究新学院访问教授。

1983 年　为《伊丽莎白·彼肖及其艺术》(*Elizabeth Bishop and Her Art*)撰写序言。

1983 年—至今　被聘为耶鲁大学人文中心"斯特灵教授"。

1984 年　切尔茜出版社系列丛书总主编;为《犹太思想的音乐变奏》(*Musical Variations on Jewish Thought*)撰写导论。

1985 年　获麦克阿瑟奖。

1986 年　为《浪漫主义的升华》(*The Romantic Sublime*)撰写序言。

1987 年　《正典的强光》(*The Strong Light of the Canonical*)出版;为《杰·赖特诗选》(*Selected Poems of Jay Wright*)撰写后序。

1987 年—1988 年　哈佛大学查尔斯·艾略特·诺顿诗歌教授。

1988 年　《影响的诗学》(*Poetics of Influence*)出版;获得克里斯蒂安·高斯奖(Christian Gauss Award)。

1988 年—至今　纽约大学博格访问教授。

1989 年　《糟蹋神圣的事实:〈圣经〉以来的诗歌和信仰》(*Ruin the Sacred Truths: Poetry and Belief from the Bible to the Present*)出版。

1990 年　《J 之书》(*The Book of J*)出版,标志布鲁姆进入其研究生涯第三阶段——宗教研究;与弗兰克·克莫德(Frank Kermode)、莱昂列尔·特里宁(Lionel Trilling)、约翰·霍兰德(John Hollander)合编《牛津英国文学选集》(*The Oxford Anthology of English Literature*)(第 2 卷);与莱昂列尔·特里宁(Lionel Trilling)合编《维多利亚时代的散文和诗歌》(*Victorian Prose and Poetry*);为《弗洛伊德的〈释梦〉》(*Freud's The Interpretation of Dream*)撰写导论;为《文学伴侣》(*Literary*

Outtakes)撰写序言。

1991 年　为《释放英语》(*Unlocking the English Language*)撰写导论。

1992 年　《美国宗教:后基督国家的出现》(*The American Religion: The Emergence of the Post-Christian Nation*)出版;与保尔·克恩(Paul Kane)合编《拉夫·瓦尔多·爱默生诗歌与翻译集》(*Collected Poems and Translations of Ralph Waldo Emerson*)。

1994 年　《西方正典:时代之书和流派》(*The Western Canon: The Books and School of the Ages*)出版,标志布鲁姆进入其研究生涯第四阶段——捍卫西方正典。

1995 年　《西方正典》获得波士顿图书评论里尔奖(非小说类)(Boston Book Review Rea Nonfiction Prize)。

1996 年　《千年预兆:天使、梦想和复活的诺茜斯》(*Omens of Millennium: The Gnosis of Angels, Dreams, and Resurrection*)出版。

1997 年　为《迪布克和其他寓言》(*A Dybbuk and Other Tales of the Supernatural*)撰写后序。

1998 年　《莎士比亚:人类的创造》(*Shakespeare: The Invention of Human*)出版;为《罗伯特·彭·瓦兰诗集》(*The Collected Poems of Robert Penn Warren*)撰写导论;与戴维·勒曼(David Lehman)合编《1988—1997 年间美国绝顶诗歌》(*The Best of the Best American Poetry*);与拉夫·曼黑姆(Ralph Manheim)为《与孤独独处:伊宾·阿拉彼萨弗主义中的创造性想象》(*Alone with the Alone: Creative Imagination in the Sufism of Ibn Arabi*)合撰导论;《莎士比亚》进入国家图书奖非小说类和批评类最后角逐;《莎士比亚》入选纽约时报年度名书。

1999 年　为《托马斯·曼论文集》(*Death in Venice, Tonio Kroger, and Other Writings by Thomas Mann*)撰写序言。

2000 年　《如何阅读与为何阅读》(*How to Read and Why*)出版;为《躯体电流:美国诗歌评论中的最好诗歌》(*The Body Electric: America's Best Poetry from the American Poetry Review*)撰写导论;为《玛丽·雪莱笔下的弗兰肯斯坦》(*Frankenstein by Mary Shelley*)撰写后序;为《批评的剖析:四篇论文》(*Anatomy of Criticism: Four Essays*)撰写序言。

2001 年　《神童必读的故事和诗歌》(*Stories and Poems for Extremely Intelligent Children of All Ages*)出版;为《血染的子午线》(*Blood Meridian*)、《哈特·克莱恩诗歌全集》(*The Complete Poems of Hart Crane*)撰写导论。

2002 年　《天才:百位典型创新作家的马赛克》(*Genius: A Mosaic of One Hundred Exemplary Creative Writers*)出版;为《吸收精华:卡巴拉与阐释》(*Absorbing Perfections: Kabbalah and Interpretation*)撰写导论;为《漫漫长夜》(*Long Day's Journey into Night*)、《柯特·布兰奇》(*Cote Branche*)撰写序言;动脉出血住院;获得第 14 届卡特罗尼亚国际奖(14ᵗʰ Catalonia International Prize)。

2003年 《哈姆雷特：无限的诗歌》(*Hamlet: Poem Unlimited*)出版；编写《瓦特·惠特曼诗选》(*Walt Whitman, Selected Poems*)；为《塞万提斯笔下的堂吉诃德》(*Don Quixote by Miguel de Cervantes*)、《边缘之光：诗选与新诗》(*Peripheral Light, Selected and New Poems*)撰写导论；为《大西洋诗人：益格鲁美国人现代化中弗兰多·佩索阿的转向》(*Atlantic Poets: Fernando Pessoa's Turn in Anglo-American Modernism*)、《孔拉德·艾肯诗选》(*Selected Poems by Conrad Aiken*)、《世界的点缀：穆斯林、犹太和基督教如何在中世纪西班牙创造容忍文化》(*The Ornament of the World: How Muslims, Jews, and Christians Created a Culture of Tolerance in Medieval Spain*)撰写序言。

2004年 《智慧何在》(*Where Shall Wisdom Be Found*)、《英语上乘诗歌：从乔叟到弗罗斯特》(*The Best Poems of the English Language: From Chaucer Through Frost*)出版；为《属性和历史：解读美国华裔文学》(*Identity and History: Reading Chinese American Literature*)撰写序言。

2005年 《耶稣和耶和华：神圣的名字》(*Jesus and Yahweh: The Names Divine*)出版；获得汉斯·克里斯蒂安·安德森奖(Hans Christian Andersen Award)。

2006年 《美国宗教诗歌选集》(*American Religious Poems: An Anthology*)出版；为《冰人来了》(*The Iceman Cometh*)撰写序言。

2010年 《直到我停止歌唱：后期诗歌集》(*Till I End My Song: A Gathering of Last Poems*)出版。

2011年 《影响剖析：作为生活方式的文学》(*Anatomy of Influence: Literature as a Way of Life*)即将出版。

2011年 《钦定英译本圣经：文学欣赏》(*The King James Bible: A Literary Appreciation*)即将出版。

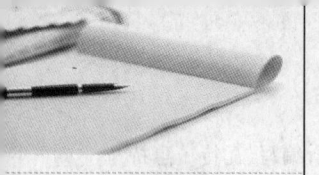

附录二

哈罗德·布鲁姆
著作简介

1. 1959 年：《雪莱的神话创造》(*Shelly's Mythmaking*)

布鲁姆通过分析《西风颂》、《解放的普罗米修斯》、《勃朗峰》、《生命的凯旋》等诗歌，把雪莱的作品同布莱克、华兹华斯、柯勒律治、斯宾塞、弥尔顿等进行比较，发现人类面对自然和亲历自然的辩证关系，反驳了那些认为雪莱诗歌是由意象组成的观点，从而首次公开表明其不满于当时批评界的立场，并对正统文化进行挑战。此书是布鲁姆的处女作，从而拉开他的学术批评生涯的序幕，特别是开始了他的关于浪漫主义诗歌的研究：在后文艺复兴时期构建浪漫主义的雄心壮志。布鲁姆反对 T·S·艾略特将浪漫主义诗人视为没有教养的自然诗人的观点，提出浪漫主义诗歌并非再现诗人与自然的和谐，而是运用诗人的想象力防御时间和物质。

2. 1961 年：《虚构导读：阅读英国浪漫主义诗歌》(*The Visionary Company: A Reading of English Romantic Poetry*)

布鲁姆详细解读英国浪漫主义诗歌，展现英国浪漫主义诗歌的内在美，抨击以艾略特为首的新古典主义和新批评理论否定浪漫主义诗歌，成功地为英国浪漫主义进行辩护。同时，布鲁姆指出现实生活的残酷性：诗人在诗歌中虽能意气风发，但却难逃堕落和发疯的结局。

3. 1963 年：《布莱克的启示：诗歌讨论研究》(*Blake's Apocalypse: A Study in Poetic Argument*)

布鲁姆详尽研究布莱克的诗歌,不仅包括布莱克最为著名的《天真之歌》和《经验之歌》,也涵盖其史诗。布鲁姆除了分析布莱克的作品意义外,还分析诗人被影响的轨迹——布莱克所受的影响主要来自弥尔顿的作品、《圣经》以及古希腊经典著作。这是布鲁姆后来提出的诗学影响理论的雏形。该书是研究布莱克难得的一本入门书籍。

4. 1970 年:《叶芝》(Yeats)

布鲁姆对叶芝进行了一番具有创造性的重新解读。观点一是叶芝的作品被大众过度表扬,尤其体现在他的拜占庭诗歌等作品中。观点二是叶芝是浪漫主义传统的继承人,深受来自布莱克、雪莱等人的影响。观点三是叶芝一些被忽略的作品实际上是伟大的作品。这番全方位的解读让该书成为研究叶芝的必备参考书。

5. 1971 年:《塔中鸣钟者:浪漫主义传统研究》(The Ringers in the Tower: Studies in Romantic Tradition)

布鲁姆提出,维多利亚时期和现代主义诗人都是对浪漫主义的延续。他阐述了浪漫主义一些传统问题,包括修正论,着重在研究浪漫主义与历史的联系,指出浪漫主义诗人经常把自己当作病态的玫瑰,认为以往的伟大诗人倾向于把自己当成一只无形的蠕虫,不断地侵蚀着丰满的浪漫主义。布鲁姆通过对浪漫主义诗歌的系列研究,使他一跃成为该领域的一颗闪耀明星。

6. 1973 年:《影响的焦虑:诗歌理论》(The Anxiety of Influence: A Theory of Poetry)

该书是布鲁姆诗学影响理论四部曲之首。布鲁姆提出一套新的"修正理论"或"对抗批评理论",从而创立诗学影响理论。作者认为,后辈诗人在创作过程中必须面对前辈诗人在时空上的优先权,产生一种焦虑:他们必须与前辈诗人进行殊死搏斗,误读、偏离前辈诗人和作品,改变自己"迟来"的劣势,从而战胜或超越他们,为自己具有创造性作品的诞生腾出空间。在此过程中,后辈诗人要采用弗洛伊德式的防御机制和经典的修辞比喻,即六种"修正比":克里纳门(Clinamen)、塔瑟拉(Tessara)、克诺西斯(Kenosis)、魔化(Daemonization)、艾斯克斯克斯(Askesis)、阿波弗雷兹(Apophrades)。布鲁姆还分析弥尔顿对英国浪漫主义诗人的影响,分析但丁、惠特曼、斯蒂文斯和阿什柏利(John Ashbery)之间的关系。值得一提的是,布鲁姆在 1973 年称,这种诗学影响理论主要适用于后启蒙时代诗人,对莎士比亚和本·约翰逊来说不存在影响的问题;但在 1997 年第二版的"导言"中,他详细论述莎士比亚如何克服、战胜马洛的影响。这说明,任何理论都需不断补充完善。

7. 1975 年:《卡巴拉和批评》(Kabbalah and Criticism)

该书是诗学影响理论四部曲之二,主要考究"卡巴拉"的历史、其注释者所使用的"修正比",以及"卡巴拉"作为当代批评模式的意义。全书分成三章:"卡巴拉"、"卡巴拉与批评"和"误读的必要性"。"卡巴拉"一词源于希伯来语,意指"传统",大概类似于通过冥想、打坐等寻找宇宙奥秘的修行法。古代思想家认为"神"的存在就像燃烧的黑炭,假设了十种阶段神的属性,而连接这十种属性的流出路径的结构,被称为"卡巴拉生命树"。现在的卡巴拉生命树概念为由中世纪犹太教教士所创,将古代知识以数字和字母的方式结合起来,作为解答宗教哲学问题之依据。一般都认为生命树中的十个球面代表神的十个面,左边代表男性,右边代表女性,而中间则是二者的交叉地带。该书是布鲁姆批评王国的基石,为其以后的研究奠定基础,例如,2002 年出版的《天才》的结构就是根据"卡巴拉生命树"来编排。

8. 1975 年:《误读之图》(*A Map of Misreading*)

该书是诗学影响理论四部曲之三,进一步完善和发展布鲁姆的诗学影响理论。布鲁姆提出,阅读是一种迟来行为,是一种误读,也就是重新写作和创造意义;再次重申"诗学影响即诗学误读"的观点,阐释创造性误读,并从心理学方面研究影响关系中的误读行为。布鲁姆同时运用这一理论分析英国浪漫主义诗歌,考察弥尔顿和爱默生对后辈诗人的影响。通过这些研究实践中的具体文本分析,作者将诗学影响理论具体化,让读者看到该理论的可操作性。

9. 1976 年:《诗歌与压抑:从布莱克到史蒂文斯的修正论》(*Poetry and Repression: Revision from Blake to Stevens*)

作为诗学影响理论四部曲之四,该书是布鲁姆进一步发展和应用其理论的又一力作。他在本书中选择了一些英国和美国诗人作为研究对象,其中包括传统的浪漫主义诗人布莱克、雪莱和济慈,维多利亚时期诗人特尼逊和布朗宁,和现代主义诗人叶芝。布鲁姆认为,他们都是强劲诗人,在与前辈诗人较量中逐渐摆脱其影响,最后超越他们。

10. 1976 年:《强劲想象的比喻》(*Figures of Capable Imagination*)

布鲁姆尽量吸收各种理论知识,如心理学,修辞学和韵律学等等,将其内化到自己的理论体系中,认为:诗歌的意义在于探讨生存的主题,而比喻是相对于死亡的一种想象,也就是死亡,想象则是自我防御的一种方式,强劲诗人必须懂得如何驾驭具有强劲想象的比喻。

11. 1977 年:《华莱士·斯蒂文斯:我们时代的诗歌》(*Wallace Stevens: The Poems of Our Climate*)

布鲁姆运用诗学影响理论详细探究斯蒂文斯的被影响之路:从爱默生到惠特曼、狄金森和哈特等都对斯蒂文斯产生重大影响。作者通过分析斯蒂文斯的《秋天的黎明》、《弹蓝色吉他的人》和《雪糕王》等诗歌,指出一种集推崇个人权利、权力、意志和命运于一体的"美国宗教"最初体现在爱默生的作品中,继而体现在斯蒂文斯的诗歌里,并得出结论:斯蒂文斯是美国 20 世纪最为伟大的诗人。

12. 1979 年:《飞往金星:诺斯替幻想》(*The Flight to Lucifer: A Gnostic Fantasy*)

该书是布鲁姆的唯一一本科幻小说。故事的主人翁瓦仑廷纳斯是诺斯替先知的转世灵童,其侍卫泊斯格斯英勇无比。天使奥安和奥拉姆来到人间寻找瓦仑廷纳斯,要将其带回金星,让其重新回到前世。在护送瓦仑廷纳斯的过程中,珀斯格斯一路上同各路神仙、半人半神进行激烈战斗,最终修成正果。此故事有点类似中国的电视连续剧《西游记后传》。虽然副标题是"诺斯替幻想",但作者并未详细探讨诺斯替主义及其他宗教信仰。

13. 1981 年:《冲突:迈向修正主义理论》(*Agon: Towards a Theory of Revisionism*)

"冲突"是布鲁姆诗学影响理论中的术语。他 1973 年在《影响的焦虑》中提出此术语,意指后辈诗人与后辈诗人的冲突不可避免,必须殊死挑战他们,最后与他们痛苦决裂。布鲁姆认为，在文学创作中，作者的性格最为重要，其次才是作品本身。写作总是辅助于话语的，因此，诗篇不仅仅是语言符号的无止境的舞动，而且是诗人人生经历中的一个参考物。布鲁姆关于冲突的理论对于研究一些特定作家有很强大的阐释力。

14. **1981 年：《容器破裂》(*The Breaking of the Vessels*)**

　　布鲁姆在书中主张读书是一种生命行为。第一章总结系统的理论框架，抨击传统的人本主义批评和最近的欧洲大陆模式，其中包括解构主义。第二章围绕《创世记》和弗洛伊德的性倾向的起源理论进行阐述，以建立诗意原创性的三种模式。第三章对弥尔顿等诗人进行评论，并对他们一一做出评价。

15. **1987 年：《正典的强光》(*The Strong Light of the Canonical*)**

　　该书是布鲁姆在纽约城市学院所做三场讲座的合成，分成"卡夫卡"、"弗洛伊德"和"索勒姆"三部分，主要论述犹太文化和思想。布鲁姆认为，人们的知识生活和精神生活充满痛苦的冲突：既渴望成就伟业，又必须超越前人。例如，犹太现代作家面对犹太传统而倍感焦虑，因为"现代"代表"迟来"，而"迟来"意味着"焦虑"。布鲁姆把弗洛伊德的"动力说"和"防御说"与犹太记忆联系在一起，指出"压抑"是弗洛伊德心理分析理论的中心，与内在性、否定性、放纵性和超然性紧密相连。作者的有力阐释有利于读者进一步了解卡夫卡、弗洛伊德和索勒姆与犹太文化的关系。

16. **1988 年：《影响的诗学》(*Poetics of Influence*)**

　　该书主要论述弗洛伊德、卡巴拉、浪漫主义诗歌、尼采、海德格尔、黑格尔、荷马和叶芝等，涉及主题有误读、精神分析、希伯来《圣经》和基督教《圣经》以及其他宗教著作等。布鲁姆在论述过程中毫不犹豫地提出自己独特的见解。

17. **1989 年：《糟蹋神圣的事实：〈圣经〉以来的诗歌和信仰》(*Ruin the Sacred Truths: Poetry and Belief from the Bible to the Present*)**

　　该书涉及希伯来《圣经》、《约伯记》、《约拿书》、《伊利亚特》、《艾涅伊德》、但丁、莎士比亚、弥尔顿、布莱克、华兹华斯、弗洛伊德、卡夫卡和贝克特等。布鲁姆探讨诗人通过意思和现实来再现上帝的可能性，指出诗歌试图再现不可再现的东西就是一种升华，但诗歌无法再现信仰，并得出结论：我们认为某一强劲作品比其他的更神圣的行为完全是出于政治和社会目的。

18. **1990 年：《J 之书》(*The Book of J*)**

　　该书分成三部分：开头是布鲁姆写的一篇关于圣经的简介，正文是由大卫·卢森柏格(David Rosenberg)翻译的 J 文本，结尾部分是布鲁姆对 J 文本的主题和人物分析。布鲁姆运用现代文学批评理论对《圣经》进行文本分析，包括考察《圣经》的作者身份及其性别，认为《圣经》是由不同文本构成，指出 J 即耶和华，是位女性，J 所写的并非是宗教专著，而是一部类似莎士比亚所写的文学作品。布鲁姆的这一观点颇受争议。

19. **1992 年：《美国宗教：后基督国家的出现》(*The American Religion: The Emergence of the Post-Christian Nation*)**

布鲁姆把"美国宗教"定义为一种诺斯替,它强调自我从自然、时间、历史等引向解放。作者认为美国的教徒都悄无声息地放弃基督教,投入到前基督教灵知的怀抱,每个美国人都假定上帝在以一种亲密的方式爱她或他,而这个特质就是美国宗教的基石;他指出,新教、犹太教、罗马天主教和世俗主义等都具有诺斯替特性,最后得出结论:摩门教徒和南部浸礼教这两个教派可能主宰未来的美国宗教生活。

20. **1994 年:《西方正典:时代之书和流派》(*The Western Canon: The Books and School of the Ages*)**

该书分成"贵族时代"(从但丁到歌德)、"民主时代"(19 世纪作家)和"混乱时代"(20 世纪作家)三大部分,涉及 26 位西方伟大作家:莎士比亚、但丁、乔叟、塞万提斯、蒙田、莫里哀、弥尔顿、萨缪尔·约翰逊、歌德;华兹华斯、简·奥斯丁、惠特曼、狄金森、狄更斯、乔治·艾略特、托尔斯泰、易卜生;弗洛伊德、普鲁斯特、乔伊斯、伍尔芙、卡夫卡、博尔赫斯(阿根廷)、聂鲁达(Neruda 智利)、佩索阿(Pessoa 葡萄牙)和贝克特(Beckett 爱尔兰)。另外,布鲁姆还在长达 36 页的附录中列出他所认为的正典之作和有潜力成为正典的作品。布鲁姆从"审美自主性"和"诗学影响理论"出发,把这些作家放在各自不同的时代进行解读,阐释经典的形成过程和标准,分析他们如何跻身于经典之列。布鲁姆认为,评判一本书是否经典的标准是其独创性和美学价值,并提出一系列关于文学经典作品的标准和要求——原创性、陌生性、以莎氏作品为参照物,以及经受时间考验等。布鲁姆还公开批评所谓的"憎恨学派":女性主义、马克思主义者和新历史主义,指责他们正在解构经典,因为在他看来,文学之所以伟大是因为其精神升华和美感强度,应该与政治和道德无关。该书的出版标志布鲁姆在重读经典、捍卫经典的过程中已经完成从个体作家研究向群体作家研究的转变。

21. **1996 年:《千年预兆:天使,梦想和复活的诺斯》(*Omens of Millennium: The Gnosis of Angels, Dreams, and Resurrection*)**

该书的背景是:随着千禧年的到来,美国人对天使形象、预知性的梦和临近死亡的经历等的钟爱尤为迫切。布鲁姆深入剖析天使、预知和复活等形象如何再现人们关于时间尽头的焦虑,以及这些形象如何被美国大众文化所内化,详细讨论天使说、预知性的梦和临近死亡的经历这三者的诺斯根源。诺斯意指一种隐秘的、关乎拯救的智慧。诺斯替主义是一个现代术语,指希腊哲学晚期的一种思想。诺斯替主义认为,人可以通过自身的努力拯救自己:人的出生就是被从神性世界抛入到这个物质世界,但当他听到启示后就会认识到自己最深层的自我。因此,诺斯替主义的主要观点就是让人获得这种神秘的知识,从而获得拯救。作者认为,这些美国当代现象都源于伊朗的千年灵性。伊朗的千年灵性产生了拜火教,并分别逐渐发展为基督教、犹太教和伊斯兰教。作者旨在呼吁人们进入各自的内心深处寻找自我,把握神性的火花。

22. **1998 年:《莎士比亚:人类的创造》(*Shakespeare: The Invention of Human*)**

该书分成九部分——早期喜剧、早期历史剧、早期悲剧、成熟喜剧、主要历史剧、问题剧本、伟大悲剧、后期悲剧和后期浪漫剧——把莎士比亚 35 部戏剧罗列其中,诠释莎士比亚那深不可测的智慧。布鲁姆用"诗学影响理论"剖析莎士比亚的创作成长之路:莎翁开始时如何接受马洛的影响,后来又如何加以拒绝,指出,莎翁对马洛的超越是古往今来影响焦虑所取得的最伟大的胜利。作者认为,莎翁最伟大的成就在于它从乔叟、马洛和奥维德那里得到启发,学会人物刻画,创造出各种各样个性鲜明、形式迥异、栩栩如生的人物。这些人物比现实生活还真实,教会我们如何领悟人类的本质。布鲁姆因此得出结论:莎翁是人类之神,他创造我们,创造人类,因为在他之前,作品人物相对呆板,缺少变化,千篇一律。布鲁姆重读莎剧,以莎翁的创作成长之路为主线,重新审视莎剧,重新肯定或者确定莎翁作品的主题、中心和意义,从而以一种全新的视角再现莎剧,将经典的高雅文学大众化。该书一出版后马上成为《纽约时报书评》的畅销书,而布鲁姆也被《纽约时报书评》称为继约翰逊之后莎学研究又一个里程碑式的批评家。

23. **2000 年:《如何阅读与为何阅读》(*How to Read and Why*)**

布鲁姆反对当下流行的"作者已死"的观点,也不认同反清教徒的奇思妙想,更不赞同所谓的"意识形态拉拉队"。他指出,读者要阅读浪漫主义诗歌,因为浪漫主义能把沉睡的生命唤醒。如何读诗呢? 要用一颗开放和热爱的心,慢慢地读,反复地读,大声地读。为何读诗呢? 因为诗是一种"预言的模式",能够帮助人们增加智慧和想象力,抚平创伤,提高意识,获得美感与灵性,促使人们实现自我。

24. **2001 年:《神童必读的故事和诗歌》(*Stories and Poems for Extremely Intelligent Children of All Ages*)**

该书收录托尔斯泰、欧亨利、路易斯·卡罗尔、爱德华·李尔、莎士比亚和安德森等作家和诗人的作品,以"春、夏、秋、冬"为框架进行编排。所选作品长度适中、内容充实,适合不同年龄段的读者。

25. **2002 年:《天才:百位典型创新作家的马赛克》(*Genius: A Mosaic of One Hundred Exemplary Creative Writers*)**

该书是作者从教 50 多年的经验总结和科研结晶,引导读者更好地了解、欣赏这些经典作家和作品,具有三个特点。首先是选才范围广。该书选取 100 位世界著名作家(中国除外),从"人类的创造"莎士比亚到现代的拉夫·艾立逊,从《圣经》到蒙田,以独特的视角探究这些天才作家之间的诗学影响之路和内在联系。其次是结构得当,布局巧妙:作者借用卡巴拉比喻塞斐罗特(Sefirot)的十个部分来统领全文,把全书分成十部分,每部分又分成两组,每组包括五个作家。第三是选读和批评相结合。作者在评述每位作家时分成两部分,第一部分是选取该作家某一作品中的一段,然后进行简要评述;第二部分则进行综合分析,阐述该作家作品的意义,美学价值及其影响和被影响的渠道。布鲁姆认为,集体记忆是思维的基础,而阅读是传承集体记忆的桥梁。但是,在这"银屏时代",阅读逐渐被淡忘,几乎没有人再去阅读但丁、弥尔顿、蒙田、萨缪尔·约翰逊和爱默生。因此,该书的出版具有特殊意义:它必将进一步推动和促进经典作品的普及化和大众化。

26. **2003 年:《哈姆雷特:无限的诗歌》(*Hamlet: Poem Unlimited*)**

该书可被当成《莎士比亚:人类的创造》的"后序"。布鲁姆提出,哈姆雷特的父亲英勇善战,他的母亲充满"性诱惑力",而他却是一个"被忽视的孩子",深受宫廷弄臣约利克的影响，最终与自我决战。作者提醒人们不要在这位丹麦王子目前趾高气扬，因为他聪明无比，是一个最无限的生命，深不可测。该书虽然不长，像是一个系列的讲义稿，但布鲁姆成功地告诉人们哈姆雷特是谁。

27. 2004 年：《智慧何在》(*Where Shall Wisdom Be Found*)

该书涵盖布鲁姆认为最有代表性和最有智慧的作品和作家：《约伯记》、《传道书》、柏拉图、荷马、塞万提斯、莎士比亚、蒙田、培根、约翰逊、歌德、爱默生、尼采、弗洛伊德和普鲁斯特。布鲁姆系统地对这些作家进行细致比较，梳理他们之间细微的关系。布鲁姆研究中的一个核心是诗学与哲学孰轻孰重。在他看来，只要人们把诗放在首位，就可以同时拥有柏拉图和荷马。他还认为，塞万提斯和莎士比亚是现代文学的集大成者。通过细读《李尔王》和《麦克白》，作者看到了一种莎士比亚式的虚无主义，并指出这就是诗学传统的中心。

28. 2004 年：《英语上乘诗歌：从乔叟到弗罗斯特》(*The Best Poems of the English Language: From Chaucer Through Frost*)

该书是布鲁姆"一直都想拥有的一本诗歌选集"。开头的简介题目是《读诗的艺术》，引导读者进入诗歌欣赏的世界。书的批注和诗的选择是该书的两大亮点。大部分入选诗歌均为公认的佳作，有些是布鲁姆"捡漏"出来的。虽然书名是《英语上乘诗歌：从乔叟到弗罗斯特》，但实际最后一位入选的诗人是哈特·克兰。因为布鲁姆认为，哈特的诗集中体现现代诗歌的精髓。17 世纪的"汤姆疯人院之歌"(*Tom O'Bedlam's Song*)被布鲁姆称作是最伟大的无名诗。对于读者来说，很难不被布鲁姆的精彩赏析所吸引。

29. 2005 年：《耶稣和耶和华：神圣的名字》(*Jesus and Yahweh: The Names Divine*)

该书是布鲁姆从事宗教研究的又一力作。作者主要通过对耶和华和耶稣的人物分析来探讨宗教。耶稣和耶和华相比，布鲁姆更倾向于耶和华，这也许和他的犹太背景有关。布鲁姆认为，耶和华个性鲜明、行事果断，偶尔下凡、打架闹事，这些行为活灵活现、饶有趣味；相比之下，耶稣就过于神秘，缺乏存在感。但布鲁姆并不否认耶稣及其信徒对世界所作的贡献。作者还运用诗学影响理论分析《新约》，认为它是对希伯来《圣经》的强劲误读。布鲁姆对耶和华和耶稣的思考也许会引发争议，然而他的智慧与深度是相当值得尊敬的。

30. 2006 年：《美国宗教诗歌选集》(*American Religious Poems: An Anthology*)

该书收录宗教诗歌，包括基督教、犹太教、伊斯兰教、佛教、美国本土教，甚至还涉及不可知论的主题，入选诗人包括 17 世纪的殖民者，如罗格·威廉斯(Roger Williams)，到当代的宗教诗人。一半以上的诗歌都是选自二十世纪的诗人，体现了宗教在美国的地位和意义。一方面，该选集让虔诚的教徒从上乘诗作中更加坚定自己的信仰；另一方面，该选集又收录各种所谓非正统宗教的诗，来反映美国对宗教的挑战，如质疑上帝是谁、上帝做了什么。

31. 2010 年：《直到我停止歌唱：最后诗歌集》(*Till I End My Song: A Gathering of Last Poems*)

该书选取 100 名诗人"最后"的诗，编成一本选集。入选诗人包括斯宾塞、莎士比亚、弥尔顿、叶芝、霍普金斯(Hopkins)、爱默生、斯蒂文斯、艾肯(Conrad Aiken)、阿曼斯（A. R. Ammons）、莫里尔（James Merrill）、克兰比特（Amy Clampitt）和阿里（Agha Shahid Ali），都是布鲁姆最为喜爱的诗人。"最后"的诗有可能是指诗人绝笔诗作，也可能是表明诗人想停笔的诗，也可能是无意识的诗歌生涯的结尾。作者通过评论这些"最后"的诗歌，旨在深层次思考"最后性"（last-ness）：当人面临死亡，不仅有恐惧，也有启发和顿悟。

哈罗德·布鲁姆
给张龙海的信函

Yale University

Department of English
P.O. Box 208302
New Haven, Connecticut 06520-8302

Campus address:
Linsly–Chittenden Hall
63 High Street
Telephone: 203 432-2233
Fax: 203 432-7066

179 LINDEN ST
NEW HAVEN, CONN.
06511, V.S.A.
25 Sept 2002

Dear Longhai :

Thank you for your letter. We love you and miss you very much, but it is good to know you are back home with your wife and your son.

My own news is very bad. I collapsed with a bleeding ulcer the morning of what would have been my first class, Sept 4. I lost six pints of blood, and had a heart attack, which has partly blocked all of three of my principal coronary arteries.

I hope to have an angioplasting
(balloon procedure) in about 2 weeks,
which should restore me. If it
fails, I will be unhappy, as a
72 year old fat man will be at
risk in what then would have to
be a 3 way hearty bypass operation.

I will write again, after
the angioplasty.

With our love
Harold Bloom